先生も小説を書くんですよね？
You Also Write Novels, Right?
著 暁社夕帆
イラスト たん旦
PRESENTED by
YUHO AKIYASHIRO
& TANTAN

「――っ？」

机を挟み、ゼロ距離まで近づく三ツ春。

ほとんどメイクをせずとも艶やかな頬、
わずかにカールした長い睫毛、書店の空気をかき消す甘い匂い。

首に力がかかり、見えない引力に顔が引き寄せられる。

乾いた唇にいきなり重ねられた、温かく柔らかい感触。

「ふーん……こういう感じ、なんだ」

隣で同じ方を向いた琴音からは、
甘い星の香りが漂ってくる。
偶然にも、今夜は新月だった。
「『銀河鉄道の夜』、
実は夏の話って言われてるんだ」

characters
You Also Write Novels, Right?
「……いや、書かないよ……俺は」
「どうですか？　憧れの小説家と対面したご気分は」
三ツ春琴音／琴羽ミツル
みつはることね／ことはねみつる
佐野正道
さのまさみち

「文学部に行ったところで、
小説家にはなれないもんね」
「今は琴音様の公認ストーカーってとこやね」
鴫沢葵
しぎさわあおい
天崎彩叶
あまさきあやか

You Also Write Novels, Right?

CONTENTS

PRESENTED by YUHO AKIYASHIRO & TANTAN

先生も小説を
書くんですよね？

暁社夕帆

講談社ラノベ文庫

たとひ幼少なりとて苟くも人に教ふる以上師たる者には師の道あり、
妾が佐助に技を授くるは素より一時の児戯にあらず

——谷崎潤一郎『春琴抄』

むかしばなし

こんなの、おかしい。
読みたい本がないなんて。
図書館でこんな気持ちになったことなんて、一度だってありませんでした。
満天の星みたいにきらきら輝いていたはずの、本棚いっぱいの物語たち。
それらが全て、まるで魔法が解けて石ころに変わってしまったみたいで。
久しぶりの図書館は、凍えそうなほどに寒く、迷いそうなほどに広くて。
変わり果ててしまった図書館の隅で、わたしはただ一人で泣いていました。
暗い雲のような人々から降りかかるのは、冷たい雨のような視線。
誰か、誰か——

「あの、君。もしかして迷子……か？」

ふいに雲の隙間から差した一筋の光の方を見ると、そこに立っていたのは背の高い男の人。制服を着ているので、中学生か高校生のお兄さんでしょうか。

気づけば、世界はすっかり元に戻っていました。

そう。いつも来ていた図書館で、迷子になんてなるはずがなかったのです。

わたしは一言だけ、「いかんのい」を表明しました。

「……迷子なんかじゃありません」

○

「名前はなんていうんだ？」

もちろん、答えません。

知らない人に名前を教えてはいけないなんて、常識なので。

こういう人は「ろりこん」と呼ばれていて、世間から冷たい目を向けられています。

「じゃあ、なんか本でも読んでやるよ」

なるほど、『銀河鉄道の夜』ですか。

センスはいいですが、わたしはとっくの昔に読んでいますよ。

「俺、学校で天文部……星を観(み)る部活に入ってるんだ。この話、けっこう星についても正確なんだよ」

お兄さん、意外とロマンチストみたいですね。

まぁ、泣いてる女子小学生に声をかける時点で普通じゃないんですけど。

「って、おい。どうしたんだ急に。なんか俺が泣かせてるみたいじゃないか」

ハンカチなんて、要りませんよ。

だって、わたしが今さら『銀河鉄道の夜』なんかで泣くはずがないのに。

「俺、実は小説家目指しててさ」

小学生なら「すごい」と言うとでも？

もっとも、ロマンチストにはお似合いかもしれませんね。

「なんかつらいことがあるんなら、いっそ小説でも書いてみたらどうだ？」

よくもこう簡単に言えたものです。

物語を創ることは、とっても難しいことなのに。

「もし小説家になったら、教えてくれよ」

夢を見すぎですね。

それに、どうやって伝えろと言うんですか。

「俺たち二人、きっと小説家になろうな。約束だ！」

はぁ。

もう、かける言葉がありません。

○

それから何回か、わたしは図書館に足を運びました。

けれど、銀河鉄道のお兄さんには会えませんでした。

いや。「会えませんでした」というのは変ですね。

それじゃあ、まるでわたしが会いたいみたいで。

でも、もし次があるなら。

もしいつか、あの人に会う日が再び来るのなら。

あの人のほうが会いたがる——そんなわたしに、なれているのかな。

プロローグ　生徒

◆

　洗い終えた皿を片付けようと食器棚に目をやると、奥に何かが光って見えた。彼がまだテレビを観(み)ていることを確認して、そっと手前の食器をよける。重ねられた皿の後ろには、二つのグラスが密(ひそ)やかに寄り添い、きらきらと輝いていた。一つは情熱的な赤、もう一つは深い青。少しの埃(ほこり)もないペアグラスは、銀河のように透き通っている。隠さなくてもいいのに。今さらわたしに気を遣う必要なんてない。きっと、夢を応援してくれる女性が現れたのだろう。自分の夢にも、恋人の夢にも寄り添えなかったわたしとは違う女性が。

　彼と二人きりで会うのは、間違いなく今日が

――ガチャリという、玄関の鍵が開く音。

文の途中だったが、キーボードを叩（たた）く手をいったん止めて廊下まで迎えに出る。

「ただいまです……あ～、涼しい！」

ドアが開き、社会人である俺が「おかえり」と言うにはあまりにもアウトな相手――高校二年生の女子生徒――が帰宅する。右手にはコンビニのビニール袋、左手にはトイレットペーパー。

「本当に手伝わなくて良かったのか？」

両手の荷物に、夏の日差しだ。半袖Tシャツ一枚でも少し汗ばんでいる。

「先生、そんなにスリルが欲しいんですか？」

「え？」

「女子高生と一緒に買い物してるとこ、誰かに見られたいタイプなのかなって」

「……たしかに。見つかったらクビ……だけで済めばいいが」

「せめて、小説を書ききってからクビになってくださいよ」

「割と冗談じゃなくなりつつあるんだが」

「さぁさぁ、席に戻って」

背中を押されて席に戻れと生徒に命じられる先生が、世の中にいるだろうか。

「チキン南蛮弁当、ありましたよ。正午くらいに食べましょうか」

「助かる。あとちょっとで一区切りだから、待っててくれ」

「順調そうで何よりで……うわ。これ八百キロカロリーもある」

「誰かさんが毎晩ファミレスで頼んでるパフェといい勝負だな」

「期間限定スイーツは、カロリーも期間限定なので」

よくもすらすらと出てくるもんだ。

「……俺はいいんだよ。執筆に頭使ってるんだから」

「大きく出ましたね。そこまで言うからには、期待を裏切らないでくださいよ？」

少女は買ってきたペットボトルや弁当を冷蔵庫にしまうと、代わりにアイスを取り出してかじりついた。ノートパソコンに向かう俺のすぐ真横で、しゃりしゃりと涼しげな音を立てながら無防備にTシャツの胸元をぱたつかせる。

すぐに目を逸らす。

このインモラルな環境は、やはり集中するには無理がある。

「おやおや。Tシャツの下が気になりますか？」

「……気にならない」

「あ。もしかしてこっち？」

れろ、とソーダ色に染まった舌を出しながら、彼女は食べかけのアイスバーをこちらに差し出してくる。

「……そっちでもない」

自分を商品化するな、大人を馬鹿にするな……真っ当な社会人として説教の一つでもするべき状況なのは承知しているが、あいにく今の俺にはそんな権利も時間もない。

もう、そういう段階は超えていた。

それに彼女の性格を考えると、これすらも俺の創作のための行動かもしれない。

「ふふっ。てっきり、平日の昼間から女子高生の部屋で過ごす変態教師が板についてきた頃かと思ったんですが」

ほぼ事実を述べられているだけにタチが悪い。なんとしてでも反論しなければ。

「そんなの板についてたまるか。しかも『変態』に関しては全力で否定しておきたい」

「これは失礼しました」

「あのなぁ。俺がこの部屋にいるのだって、そもそも――」

そもそも。

ごく普通の良識ある塾講師であるはずの俺が、どうしてこんな状況になっているのか。

決して人には言えない関係をこの小生意気な女子高生と結び、一つ屋根の下で心身ともに管理され……もとい、共同生活を送ることになっているのか。

俺は、この二ヵ月間のことを思い返す。

もし小説にしたら二〇五ページくらい書けそうだな、などと考えつつ――

第一章　夢のすがた

1

「小説を読むのが好きってだけじゃ、小説家になれない」

もうすぐ午後八時。授業時間もラスト五分。

先週の宿題として出した過去問の解説が終わったので、まとめの話に入ることにする。チョークを置いて教室全体を見渡す。

「それと似てるかもしれない。なんとなくじゃなくて分析的に文章を読むクセをつけないと、現代文の点数は思うように伸びていかない」

今まさに俺が現代文の授業をしているのは、進学塾《創進（そうしん）アカデミー》の、高校二年生《私立文系Bクラス》。

毎週水曜日に開講されている十数人のクラスで、男女比はちょうど半々くらい。Bクラスは難関私立大学を目指すクラスで、Aクラスの次にあたるレベルだ。

「これは論説文だけじゃない。入試問題である以上は、物語文だって同じ」

この辺りの高校はブレザータイプの制服が多い。そういえば、男子の学ランは減っているとか。それにしてもメガネ率が低いな。理系クラスの半分以下かもしれない……。

教壇に立って偉そうに話をしながら、そんな下らないことを考える。

「今日の授業でとりあげた琴羽（ことはね）ミツルは、登場人物の感情を風景描写で表現することで有名だ。短編作家なのもあって、色々な大学で出題されている」

俺の方を見ながら、まるで講演会でも聞いているかのように頷（うなず）く生徒たち。

良くも悪くも従順というか。自分が高校生だったとき——とはいっても数年前だが——よりも、全体的に真面目な生徒が増えている気がする。

「実は、先生も大好きな小説家なんだ。本当は入試のことなんて考えずに……」

——が、何事にも例外はあるもので。

「……三ツ春（みつはる）さん」

視界の端にとらえたのは、雨粒の流れる窓際の席で机に突っ伏している女子生徒。

オーソドックスだがモダンなデザインの、紺色のブレザーとチェックスカートの組み合わせ。開央（かいおう）大学付属高校の制服だ。

もちろん、俺が制服マニアというわけではない。

誰だって、自分自身が通っていた高校の制服は忘れないと思う。

「……すぅ……」

返事の代わりに聞こえるのは、女子生徒の澄んだ寝息。

「三ツ春」

「ぅ、ん……？」

二度目の呼びかけで、小さい頭がゆらゆらと動く。

起きたかと思えば、眠たそうにとろんとした両目がこちらを向く。

「もうすぐ、授業終わるから」

「……ふぁぁ、んぅ……すいません……？」

……なぜ、謝るのに疑問文なのか。

寝起きの目をこする彼女を、他の生徒たちがくすくすと笑っている。

宿題をやらず、遅刻した上で、さらに居眠りまでしている三ツ春。彼女にとって、正味の授業時間はどれくらいだろうか。

授業は前の週に出した宿題の解説がメインなので、やってこないと暇で仕方ないはず。

親に言われて嫌々ながら通塾しているとか、何か事情があるのだろうか。

とはいえ、もう時間だ。ここで何を言ったところで無駄だろう。それに、塾はあまり授業態度を注意する場所ではないと俺は思っている。

「……とりあえず琴羽ミツルの小説は受験とか関係なくおすすめだから、興味があったら勉強の息抜きにでも読んでみてくれ。じゃあ、今日はここまで。質問がある人は残って」

八時ちょうど。

いつもどおり時間ぴったりに、俺は授業を終える。


授業中に降りはじめた雨はまたたく間に勢いを増し、今や激しい雷雨となっていた。

『春の嵐』とでもいえば文学的だが、要するにゲリラ豪雨。

片付けをして教室から廊下に出ると、猛烈な湿度と強い雨の匂いに包まれる。

もう生徒は全員帰ったと思っていたが、一人だけ残っていた。

校舎の入り口で、外の豪雨を見つめながら佇(たたず)む一人の女子生徒。片手にはスマホを持って何やら操作している。家の人でも迎えに呼んでいるのだろうか。

傘立てを見ると、常備されている生徒用のレンタル傘は一本も残っていなかった。

「……三ツ春」

俺の呼びかけに、女子生徒は振り向いた。

湿った空気の中を淡く舞う、果物のような甘い香り。

細い肩まで伸びたまっすぐな黒髪。その隙間から覗(のぞ)く大きな瞳は、雨に反射する夜の光で煌(きらめ)いている。少し気だるげな表情も、ぼんやりしているというよりは別の世界に思いを馳(は)せているように見えてくる。

ブレザーの胸元には、開央大付属の校章とともに「Ⅱ・2」の組章が光っている。八組であるうちの、二年二組を意味する。

「なんですか、先生?」

細い喉から発せられる声は、吐息のように儚(はかな)くも透き通っている。

「傘がないなら、教員用を貸そうか」

この雨だ。私物を女子生徒に貸すのは問題になりそうで気が引けるが、教員用の置き傘ならいいだろう。

「ありがとうございます……ふふっ」

口元に手を当てて、小さく笑う三ツ春。

「どうした?」

「いえ……てっきり、怒られるのかと思ったので」

たしかに授業態度について色々と言いたいことはあったが、帰りがけの今コメントする必要はない。どちらかといえばそういう教育は家庭に任せたい。

「でも傘は大丈夫です。もう、来ましたから」

ちょうど一台のタクシーが塾の入り口に止まり、後部座席の自動ドアが開く。手に持っていたスマホで呼んでいたのは、家族ではなかった……お嬢様か。

「そうだ。先生。琴羽ミツル、お好きなんですか?」

授業の最後に言ったことだ。雑談だけしっかり覚えて帰るタイプの生徒は一定数いるが、彼女もそうなのだろうか。

「あぁ、好きだよ。一番かもしれないな」

「……『銀河鉄道の夜』よりも？」

「え、銀河鉄道……？」

唐突で意図が分からない質問だった。たしかに、以前は一番好きだった小説だ。

戸惑う俺をよそに、三ツ春のほうは柔らかく微笑(ほほえ)んだまま。

「いえ。なんでもありません……どういうところが好きですか？」

「そうだな……とにかく、登場人物の内面を反映した情景描写かな。独創的なのに完成されてるっていうか。あんな文章、俺には書けない」

「……そう、ですか」

一瞬、気のせいか微笑みが曇ったように見えた。

そのまま、彼女は優雅な動きでゆとりのある後部座席に乗り込んだ。

「それじゃあ先生。また明日」

三ツ春を乗せたタクシーはすぐに走り出し、玄関口には俺だけが取り残された。

「また来週……だろ」

一人になった瞬間、雨の音がまた一段と大きくなった気がした。

……俺だって、たまにはタクシーで帰りたい。

「だっはっは！　高校生らしからぬ行動だなそれは！」

○

「ほんと羨ましいですよ、お嬢様は……まぁ安全でしょうけど」

帰る前に少し雑務を処理しようと講師室に戻ると、隣のデスクで筋野（すじの）さんが小テストの点数をまとめているところだった。俺たち以外には誰もいないので、いつものようにスマホのラジオアプリでニュースを流している。映像がないのが作業用にいいらしい。

「不真面目な生徒の安全まで気遣うとは、さすが佐野（さの）先生だ」

数学科講師の筋野さんは二つ上の先輩で、創進アカデミーでは最も年齢が近い。バイト時代からの知り合いで、俺が丁寧語を使う以外はほとんど友達関係だ。

学生時代はアメフトをやっていたという筋肉質な体格は運動部の生徒たちに人気で、その太い腕で緻密な計算や証明問題を採点しているのは傍（はた）から見ていても少し面白い。

「三ツ春さんっていう生徒です。不真面目ではありますけど……ガラが悪いってわけでもないんですよね。ただ遅刻が多くて、授業中もよく寝てるってだけで。あ、宿題もやってきませんけど」

三ツ春は毎週水曜日、俺の担当する現代文のみを受講している。

現代文だけというのは塾に通うパターンとしては少し珍しい。開央大付属はエスカレーター式で大学受験をしなくてもいいので、習いごと感覚なのかもしれない。でも、それなら英語や数学のほうが人気だ。国語、しかも現代文は「わざわざ習わなくても大丈夫」と思われがちな科目の筆頭。

「家の事情とか、部活が忙しいとか？」

「さぁ……まだ面談とかするほどじゃないんで、なんとも」

「まぁ学費を納めてる以上、塾なんて活かすも殺すも本人次第だ」

この辺りの、生徒と一定の距離をキープするスタンスは俺と筋野さんで共通している。勉強以外の相談に乗ることもあるが、やはりそういった方面は学校の役割だろう。入職時の契約でも、生徒とのプライベートなやりとりは厳禁となっていた。

流れていたラジオが話題を変える。

『続いてのニュースです。今年三月、教え子の女子高校生と淫らな行為をしたとして、塾講師の男が逮捕されま――』

「困る困る。こういうの、業界全体への迷惑だよな」

吐き捨てるように言う筋野さん。

「いい歳（とし）して高校生と親しくしようなんて、まともじゃない。冷静に考えてもみろ。高校生の娘に色目使ってくる教師なんて、親の目線になってみれば嫌悪して当然だ」

筋野さんに同意する。

この仕事に就いて改めて思うが、やはり高校生はどんなに大人びていても精神的に幼い部分がある。社会人の立場を使えば、勘違いさせることだってできてしまうだろう。

「ま、佐野は無縁そうだな。女子生徒が困っていても自分の傘すら貸そうとしないあたり、真面目すぎるくらいだ」

私物を貸せば、必ず返してくる。もっと言えば、高校生は噂が好きな生き物だ。もし他の生徒がその場面だけ見たらどう思うか。娘が男性教師に傘を借りてきたら保護者はどう思うか。気にしすぎと言われればそれまでだが、この仕事は少しでも変な噂が立ったらおしまいなのだ。

「それにお前の場合、ちゃんとパートナーが……天崎がいることだしな」

にんまりと口角を上げる筋野さん。

「そうですね。本当に、筋野さんのおかげで」

「いいっていいって、その話は。お幸せに、ご両人」

気がつけば、すでに外の雨脚は弱くなっていた。

「それじゃあ帰るか。また明日……って、お前は休みだったか。なんかするのか？」

「はい、ちょっと」

塾講師の仕事は、授業だけではない。俺のいる創進アカデミーの場合、教材作成から成績管理、研修やミーティングなどの業務もある。したがって常勤講師なら普通の会社員と同じく週五勤務が基本だが、一方で多少の融通は利く職業ではある。

俺は、週末に加えて木曜日を休みにした週四日勤務にさせてもらっている。

そして、明日は待ちに待った特別な日だった。

「なんだなんだ。天崎とデートか」

「いやいや、向こうは平日の有休なんて無理ですって」

俺はカバンからあるものを取り出して筋野さんに見せた。

「これ、行ってきます」

「ん、チケット？　なに、《琴羽ミツル引退サイン会》……？」

そう。

あの覆面作家・琴羽ミツルが明日、ついに素顔を見せる。

それだけでも一大事なのに、なんと同時に引退を表明したのだ。俺はなにがあっても――たとえ仕事があったとしても――行くことに決めていた。

新作を出版するわけでもないタイミングで、突然の初サイン会と引退宣言。

しかも開催は木曜日の午後、定員はホームページ上の申し込みで先着二十名。定期的に新着情報をチェックした上で応募開始時刻に張りつき、さらに平日の昼に予定を空けられる人間だけがたどり着けるイベント。

まるで最初で最後の晴れ舞台に、真のファンだけを選抜しているかのようだった。

「へぇ、佐野らしいな。楽しんでこいよ」

楽しみ、とは少し違うかもしれない。

いざ予約確定を知らせるメールが届いたときは、震えた。

チケットが届いた一週間前からは、いよいよ緊張して仕方なかった。

このタイミングで授業教材に琴羽ミツル作品を使ったのも、自分をサイン会に向けてチューニングするためだ。何かせずにはいられなかった。

学生時代のある日、書店で出会ってしまった琴羽ミツルの処女短編集『天蓋孤独』。脳に刻まれた「十代の俊英、デビュー」という鮮烈な帯の文字。

気がつけば徹夜で読んでいた。翌日、俺は大学を休んだ。

文学部に進んだ俺に、小説家の夢を諦めさせた才能。

あまりに強い輝きで俺の網膜を焼ききった太陽。

いったい、どんな姿をしてどんな声をしているのか。

明日が、憧れを思い出に変えられる最初で最後のチャンスなのだと思う。

小説家なんて、やはり自分には無理だった——明日はきっと、心からそう思えるはずだ。

2

「お疲れさま、正道くん。雨は大丈夫だった？」

ドリンクの注文をウェイターに告げると、彩叶が俺を気遣う。澄んでいながらも少し低い落ち着いた声からは、仕事帰りにもかかわらず活力を感じる。

「あぁ。ありがとう。出るときにはすっかり止んでたよ」

サイン会の前夜だが、俺には一つだけ用事があった。

三月から恋人同士として付き合いはじめた彼女とこうして食事をするのも、何度目になるだろう。今日は普段よりワンランク上のレストランを予約していた。

「静かでいいお店だね。予約ありがとう」

「ちょっと遅れたけど、彩叶のお祝いだからな」

わずかにウェーブがかかった髪の毛を左肩にまとめたアシンメトリースタイルが、優美さを際立たせる。細いフレームのメガネとグレーのパンツスーツが似合っていて、いかにも仕事ができそうな女性といった出で立ちだ。

二年目にして「天崎先生」が板についてきた様子。

見た目だけでも、生徒から人気が出そうだ。少なくとも自分が男子高校生だったらドキドキしてしまうと思う。気を引こうと、バカみたいに英語ばかり勉強するようになっていたかもしれない。

「正道くんとこうやって落ち着いて会うの、少し久しぶりだよね。どうしても年度の初めはばたばたしちゃって」

「こっちも同じだよ。ゴールデンウィーク終わって、やっと慣れてきた感じだ」

「今年度のクラスはどう？」

「普通かな。真面目な生徒が多い……基本的には」

「……基本的には？」

「一人、遅刻と居眠りの常習犯がいてさ」

「へぇ。学費の無駄だね」

バッサリと切り捨てる彩叶。

「塾の学費だって、きっと保護者の方が働いて稼いでくれたお金でしょ。それを無駄にするのは、親不孝だなって思っちゃうな。私は」

そういう彼女は、生まれてから一度も遅刻や居眠りなどしたことがないのだろう。たぶん、本人に確認するまでもない。

「私がアルバイトしてたときは、そういう子にはその場で注意してたっけ。懐かしいな」

違う大学に通っていた彩叶と出会ったのは、今まさに俺が働いている塾——創進アカデミー——の講師バイトなのだ。

この奇跡的な接点を除いて、俺たちの学生生活はまるで正反対だった。

付属高校から緩くエスカレーター進学した俺と、難関大学の入試を突破した彩叶。

弱小文芸サークルの俺と、全学オーケストラでバイオリンを弾いていた彩叶。

ギリギリの単位数で卒業した俺と、教員免許を取得した上で国外留学までした彩叶。

一年間のイギリス留学で俺と同年卒業になった彼女に対して、出会った当初は自然と敬語になっていたっけ。

「そういえば、筋野先生はお元気？」

「あの人が元気じゃないわけないだろ。いつもガハハって感じさ」

「もう。筋野先生がいなければ、私たち付き合ってないんだから」

きっかけは筋野さんだった。

あまり色恋沙汰には興味がなく他人にも干渉しないあの人だが、俺が目で彩叶を追っていたことに気づくと「天崎先生はフリーらしいぞ」と教えてくれた。さりげなく彩叶にも俺のことをプッシュしてくれたらしい。

少しずつ距離を縮めて年度末に俺のほうから告白した結果、なんと成功して今に至る。

「もう卒業して二年か。今だから言えるけど、アルバイトのまま小説家を目指すとか言い出しかねないと思ってた」

「……もしそうなってたら付き合わなかった？」

「友達の話ならまだいいかなって思うけど、自分の恋人となると……さすがにちょっと考えちゃうかな。周りの人にも話しにくいし。もう二十代も半分近いわけでね」

おかしそうに笑う彩叶。

結局、俺はアルバイトから創進アカデミーの国語科講師として正社員採用を受けた。

「正道くんって、小説家になるために大学を文学部にしたんでしょ？」

「……最初は、な」

自分が高校の先生だったらどうだろう。

教え子の進路相談をしたとして、小説家を目指して文学部を考えている生徒がいたら？

「ま、大学って、そういうことを知る場所でもあるもの」

「そうだな。現状には……満足してるよ」

もちろん選ぶ学部は自由だし、そもそも将来の夢なんて曖昧な生徒がほとんどだ。文学部に進んで小説家を目指すという夢自体は、悪いことではないし応援したい。

ただ……。

「文学部に行ったところで、小説家にはなれないもんね。小説家の人たちが文学部に行きがちなだけで、逆は一握り」

こればかりは、彩叶の言うとおり。

自分を顧みれば痛いほどよく分かる。正論だ。

「それによく考えれば、受験産業だって安定してるよね。大学受験自体はなくならないしさ。学校と違って部活とか行事とかないのは、人によっては羨ましく思うかも」

　安定。彩叶が好きな言葉。

「部活かぁ。たしかによく教員の時間外労働とかニュースになってるよな」

「私はいいんだけどね。課外活動も教師の大切な仕事だと思ってるから」

「やっぱり彩叶はＥＳＳ（英会話部）の顧問やりたい？」

　アルバイト時代から国語専任だった俺に対して、イギリスに留学していた彩叶の武器は英語力。

　帰国子女レベルにきれいな発音は生徒どころか英語科の他の先生からも称賛され、そのまま創進アカデミーで英語科講師をやらないかと勧誘されていた。

　おまけに文法も読解も完璧なのだ。勝ち目がない。

「うん。希望は出してるんだけど今年も無理だった。もうネイティブの先生と日本人の先生が一人ずついるの。しばらく難しいかな。というわけで、引き続きオケの副顧問」

「あー、まだシチューと早野（はやの）がやってるのか」

「スチュアート先生と早野先生、ね」

「ごめんごめん」

　つい、在学中の呼び方をしてしまう。

「もう……でも、いまだに変な感じがするな」

それは俺も同じだった。

「正道くんがいた学校で、私が英語の先生やってるなんて」

彩叶が英語教師として勤めている高校は、何を隠そう開央大付属なのだ。

学生時代の活躍や英語力からスムーズに決まったらしく、内定先を聞いたときは驚いた。恋人が母校の教員というのも、なんとも不思議な感覚だ。

「どうですか、うちの高校は」

「今は私にとってもうちの高校なんだけど。そうだね、一年働いてみて……けっこう働きやすい学校だと思う」

「それは良かったよ」

「正直、男子も多いから面倒なことも覚悟してたけど。実際には、活発ながらも落ち着いた感じだね」

一部の男子生徒からセクハラなどをされないかという不安も、杞憂だったようだ。

「それだけが取り柄だからなぁ」

開央大付属では、いじめや非行などの問題行動はほとんどない。

「遅刻とか居眠りとか、授業中に他のことしてる子はいるけど……叱るだけじゃすまないような大きな問題が起きないのはありがたいかな」

彩叶には申し訳ないが、不真面目な生徒を叱っている様子が容易に浮かぶ。こっそり、生徒と先生の関係で出会わなくて良かったなどと考えてしまう。

「いきなり二年生って言われたときは不安だったけど、今のところなんとかなってる。授業も、私が担当する英語Rはリーディング専門だしね。教材を指定できるのも楽しいよ」

八人いる二年生のクラス担任のうち体調を崩して退職した人がいたらしく、その後任に抜擢（ばってき）されたのが二年目の彩叶だった。たった一年で、どれだけ評価されているのか。

「授業は何を読んでるんだ？」

「色々と考えたんだけど、ANIMAL FARM……オーウェルにしたわ。けっこう短いし、英語のレベルもちょうどいいの」

イギリスの小説家ジョージ・オーウェルの名作、『動物農場』だ。俺も高校生の頃に読んだことがあるが、もちろん邦訳版。

「初めてのクラス担任、充実してそうで良かった」

「それと、体育祭が四月にあるのも、去年は驚いたけど今年になってありがたみが分かった。なんてことない行事だけど、なんていうかクラスに一体感が出るのね」

「それあるな。ゴールデンウィーク明けくらいには、自然と友達グループとかできるようになってるんだ。まぁ、先生にとっては年度初めから忙しいよな」

要領のいい彩叶ですら四月はばたばたしていたというのも分かる。

「あと、受験がないのもそれはそれでメリットが多いのね。学部の枠の競争はあるけど、二年生の雰囲気は進学校と全然違うもの。ちょっとカルチャーショック」

「医学部か法学部でも目指してない限り、定期テスト直前の勉強しかしないからな」

ほどなくして、ウェイターがドリンクを運んでくる。

俺の前には食前酒、彩叶の前には炭酸水。

「いいのか、お祝いなのに飲まなくて？」

「うん。最近、控えてるの」

「やっぱり担任の責任感？」

「もう。茶化さないで」

「それじゃ、改めて。初のクラス担任おめでとう、彩叶」

「うん……ありがとう。正道くん」

乾杯してグラスにゆっくりと口をつける彩叶は、ドラマのワンシーンのように色っぽい。見た目も中身も、俺には不釣り合いなくらいだ。彼女と付き合えていることは奇跡なのだと実感する。

○

「彩叶。あれ、スピカだと思う」

「もう。星じゃなくて、ちゃんと前向いて歩いて」

春の夜空を見上げながら歩く俺を、彩叶がたしなめる。

酔っているわけじゃない。都心では見える星が多くないからこそ、はっきり分かる一等星を見つけると少しだけ嬉(うれ)しくなるというもの。

やがて、Y字路にさしかかった。ここが俺と彩叶の帰り道の分岐点だ。

街灯が彩叶のきれいな顔を照らす。

見惚(みほ)れるままに、顔を近づける。

「……一瞬、なら」

許可を得て、彩叶に口づけをする。片手で髪を撫(な)でながら。

「……っ、ん…………っ、……おし、まい」

そっと身体(からだ)が離される。

生徒がほとんどいない地域だが、教員ということもあり彩叶には抵抗感が強いらしい。

数秒だけでも、愛があれば十分だ。

「焦らなくても、私はいなくならないから」

彩叶は髪を整えながら、やんわりと俺の欲求を制した。

「私たちのペースで、ね?」

Y字路で別れ、俺たちはそれぞれの帰路についた。

3

琴羽ミツル引退サイン会の会場は、新宿駅東口を出てすぐの大型書店だった。ビル一棟が全て書店になっており、何度も足を運んだことがある。

開始五分前になり九階のイベントスペースに上がると、中が見えないようパーテーションで仕切られた一角がすぐ目についた。一般的なサイン会とはまったく違う、閉ざされた雰囲気。手前には書店員が立っている。

ポスターや看板もなければ、店内放送もかからないサイン会。

おそらく琴羽ミツル本人が望んでのことだろうが、寂しい引退に思えた。

四年前に十代デビューとされていた以上、年齢は不明だが俺と同い年かそれ以下なはず。もし高校生でデビューしていたとすると、まだ大学生でもおかしくない。

他の道に専念か、なにか心身の不調なのか、はたまたモチベーションの低下か。

少し進むと、スーツ姿の女性が立っていた。長身で、腰まで伸びたかなり長い黒髪を中央で束ねている。書店スタッフではないようなので、琴羽ミツルの関係者だろうか。

「琴羽ミツル引退サイン会にお越しの方ですね。チケットを拝見します」

事前に届いたチケットは整理券も兼ねており、十分刻みで時間指定されていた。そのためか、九階に自分以外のファンの姿はない。会場そのものが目立たないように徹底されているのかもしれない。

「次に、ご本人確認をさせていただきます」

妙に厳重だ。あらかじめホームページで入力した住所と名前、生年月日を女性に伝える。サイン会というより、まるで健康診断のような流れ。

「佐野正道さん、でお間違いありませんね。ご協力ありがとうございました。それでは、お呼びしますので中にお進みください」

さらに歩を進める。

さて、短い時間で何を話そうか。「大ファンです」、「応援しています」、「引退しないでください」……どれも伝えたいことではあるが正解ではない気がした。

もう、パーテーションとカーテン一枚だ。

この向こう側に、生の琴羽ミツルがいる。

いよいよ鼓動が速くなる。

呼吸が追いつかなくなりそうだ。

社会人になってから、これほど緊張したことがあっただろうか。

制御できない心臓の動きが、聞こえるほど強く左胸を叩く。

ぎこちなく両脚を動かして、順路を進む。

「お次の方、どうぞ」
女性の声。琴羽ミツルは女性だったのか。しかも、やはりかなり若い。
必ず、姿をこの目に焼きつける。
強い思いで、薄いカーテンをくぐった――
「――え？」
幻覚か。
それとも夢か。
違う。これは現実だ。
周囲の状況を確認する。
仕切られたイベントスペース。
真っ白なテーブルクロス。
小さな花瓶、ラベルのない水のペットボトル。
書店が用意した色紙の山。
正面に座るのは、サイン会の主役。
つまり目の前の人物が、琴羽ミツル本人のはず。
しかし、そこには――
「み、三ツ春……？」

俺の教え子にして遅刻と居眠りの常習犯、三ツ春琴音が座っていた。

「だから言ったじゃないですか。また明日、って」

状況が理解できないでいる俺に、彼女は続ける。

「応募者の名簿を見て、驚きました。先生がわたしの、琴羽ミツルのファンだったなんて。しかも……ふふっ、塾の授業でわざわざ扱ってしまうほどの」

落ち着いた黒のカジュアルなワンピースに身を包み、ゆっくりと話す三ツ春。

「これは……なんかのドッキリじゃないよな？」

「はい。わたしが琴羽ミツルです。もちろん、ゴーストライターはいませんよ」

めまいがするほどの情報量に、地面が揺らぐ。

国語を教えていても、この事態に対応できるボキャブラリーは持ち合わせていない。同一人物だと認めようとしているのに、理解が追いつかず脳がショートしそうだ。

「どうですか？　憧れの小説家と対面したご気分は」

冗談めかした声色の心地よさからか、上から目線の言葉も不快にならない。

こちらとしては正直、真面目そうなのに授業態度が良くない女子生徒という印象しかなかった。ところが、意外と明るくよくしゃべる女の子のようだ。

「正直……信じられないの一言だ」

目の前に琴羽ミツルがいるという事実と、どう向き合えばいいのか。それを考えるので精一杯だった。

「ところで先生。四月からわたしのクラスを担当されて、もう一ヵ月ですよね？」

俺は、作者本人の前で作品を解説していたことになる。滑稽すぎて少しも笑えない。

「まだ、思い出せませんか？」

「思い出すって、いったい――」

「なるほど。小さい子には忘れがたい出来事でも、高校生にとっては些末(さまつ)な日常の一ページだったというわけですか」

はぁ、とわざとらしくため息を漏らしながらも、柔和な微笑を浮かべる三ツ春。

「小さい子……高校生？」

なんの話をしているのか分からない。

「ま、仕方ないですね。八年という時間は、大きいものです」

「まさか……」

「ふふ」

「……会ってるのか。もしかして。前にどこかで」

「わたし、ちゃんと小説家になりましたよ？」

どこか演技じみた上目遣いの三ツ春。

「ちゃんと、小説家に……」

小さい子。

八年前。

小説家。

甘い声に誘われ、脳のどこかで眠っていた記憶がフラッシュバックする。

黒いワンピース姿の琴羽ミツルと、制服姿の三ツ春琴音。

二人の少女が像を結び、わずかにずれて二重になる。

そこに、図書館の隅で静かに泣いている小さな女の子の姿が浮かび——

「ちょっと待て。もしかして、あの時の？　いやでもそんな偶然って——」

「思い出しましたか……銀河鉄道のお兄さん？」

「あの時の……図書館の女の子、なのか」

「はい。八年前、区立図書館で読み聞かせをしていただいた鶴です」

「恩返しか。っていうかタイムラグ長すぎるだろ」

ようやく、ツッコミができるくらいには落ち着いてきた。

「ふふっ。さすが国語の先生。ウイットが利いていますね」

こんな子、だったたっけ？

「だとしたらよく気づいたな。俺だって」

「わたしは、初回から気づいてましたよ。先生、あんまり変わってませんし」

女子小学生から高校生への変化と、男子高校生から社会人への変化。両者の大きさを比べれば、三ツ春だけ気づいたのも自然かもしれない。

「でもさ、お互い名前も知らなかったのに」

「そうですね。ロリコンに名前を教えない程度には、わたし当時から賢かったので」

「念のため言っておくが、俺はロリコンじゃない」

「見知らぬ女子小学生に声をかける高校生が？」

たしかにこのご時世、客観的には事案と言われても仕方ない気がする。

「……小さい子が泣いてたら、話くらい聞くのが優しさってもんだろ。っていうか、気づいたなら、一声くらいかけてくれよ」

「別に衝撃的な事実でもなんでもありませんし。それより、先生のほうはいつ気づくかなって様子を見てました」

「いやいやけっこう衝撃的だよ。小説だったら、プロローグで仄めかされつつクライマックス直前で明かされるタイプの過去だぞこれは」

「ま、いいじゃないですか。大ファンだった小説家が実は自分の教え子で、しかも過去に会っていたことがある……いたって普通のことです」

「まったくもって普通じゃないし、設定の盛り過ぎだよ。ラノベじゃないんだから」

「わたしはライトノベルも好きですよ」

「いや、でも。三ツ春は……琴羽ミツルはラノベ作家じゃない」

「ふふっ、違うペンネームで書いてるかも」

「……嘘だよな？」

「どうでしょう？」

三ツ春がからかうように口角を上げたその時、パーテーションの裏でチリンと一回ベルが鳴った。入り口にいた長髪の女性が鳴らしているようだ。

「おっと。あと一分ですか。実は今日、先生に聞きたいことがあるんです」

普段では気づけないくらいの甘い果実の匂いが、見えない力で俺を捕まえる。

途端、再会を喜んでいた和やかな微笑みが消える。

「聞きたいこと？」

近い。

星空のように冷たく、そして深い瞳。

普通の女子高生には縁がない、鋭さと儚さの同居した表情。

「先生も、小説を書くんですよね？」

――先生も？

時間が、止まる。

直感する。彼女の問いは疑問文ではない。

「……いや、書かないよ……俺は」

酸素が足りない中、必死に喉から声を絞り出す。

「どうして？」

俺の言葉をどうとったのか分からないが、表情を変えない三ツ春。

小説家にならないことに、理由がいるのか。

「どうして、って。そりゃ、俺はこのとおり仕事もしてるし。読書は好きだよ。だからといって、自分が書くのは――」

「解釈違いですね」

「解釈、違い……？」

「はい。先生は小説を書いているはずなんです」

「――え？」

「先生は小説を書くべきなんです。いえ、小説を書いていなきゃいけない」

いくらなんでも無茶苦茶すぎる。

「小説を書いていないなら、先生はいったい何をされているんですか？」

向けられた言葉に、違和感を抱かずにはいられない。

「逆になんで俺が……小説を書いてないといけないんだ」

「ふふっ。わたしの人生は変えておいて、自分のことはお忘れですか」

「どういうことだ。何を言ってるんだ？」

「図書館で約束したじゃないですか。わたしたち二人、小説家になろうって」

「約、束……」

三ツ春の口からでまかせ……では、ない。

残念ながら、あの日のことを全て思い出してしまった。

「……した、な。した、けど……言葉の綾、と言いますか……」

「はぁ……どうせ、そんなことだろうと思いましたよ。先生は、泣いている幼女には平然と嘘がつけるんですね。きれいな嘘だとでも？　どうせ時間が経てば忘れるとでも？」

そう言われると反論できない。何も悪いことはしていないはずなのに、なぜか小さな女の子に最低なことをした気分になってくる。

というか高校生のときの自分、コミュ強すぎる。

「とはいえ」

三ツ春が腕を組む。サイン会で著者がファンにとる態度でもなければ、生徒が先生にとる態度でもないのだが。

「わたしだって、漫画やアニメのヒロインよろしく幼少期の約束を信じ続けるほどお花畑じゃありません。だから、塾で国語を教えている先生を見ても特に失望なんてしませんでした。将来の夢なんて容易に変わりますし……最初は、そう思ってた」

「最初は？」

「はい……考えが変わりました。一つだけ、看過できないことがあったので」

三ツ春の言葉が、俺を射抜く。

「先生は、小説家の夢を諦めてなどいなかった」

「……そんなことはないよ。俺は読むのが好きだったんだ。書くほうじゃない」

「嘘が下手」

「嘘じゃない」

「わたしにはいいですが、自分には嘘をついちゃいけませんよ」

「どうして、そんな……三ツ春に、どうして俺のことが分かる？」

「例えば先生、木曜日はお休みしてますよね」

「……他の学年の時間割までチェックしたのか」

「どうして週四日勤務なんでしょうか」

「講師の働き方なんて、関係ないだ――」

「小説を書く時間をとれるようにでしょう？」

　磨かれた言葉の刀が、喉元に突きつけられる。

「……いっ、いや。言いがかりだ。週四だからって、小説のためとはならないだろ普通」

「っ……ふふっ、っ……っ、あ、ははっ……！」

「お、おい。いきなりどうした。急に……何がそんなに面白いんだ？」

「……っ、つい……だって、『言いがかりだ』なんて、ミステリ小説の犯人しか言わない台詞じゃないですか。まさか、リアルで聞くことになるなんて」

「……生まれて初めて口にしたよ。俺だって」

　こんな状況にもかかわらず、追い詰められた犯人のテンプレが思い浮かんでしまう。

　他にも「探偵さん、小説家にでもなったほうがいいんじゃないですか」というのもあるが……今回すでに探偵は小説家だった。

「それに、根拠なら他にもありますよ。先生は、少なくとも小説を書く人か書きたい人」

「俺たちは、再会してからまだ大した会話もしてないぞ」

「ふふ。無自覚だったんですね。じゃあ、ぜひ考えてみてください。正解したらプレゼントを差し上げますから」

　まるでこちらの考えが周回遅れとでも言わんばかりに翻弄する三ツ春。

「さて」

　再び、彼女は刀の切っ先をこちらに向ける。

「先生は小説家になるという約束を言葉の綾だったと切り捨てつつ、小説家の夢を諦めきれずだらだらと燻（くすぶ）っている。小説を書けないのは仕事があるから、仕事が週四なのは小説を書くから……今のままでは、十年後もきっと小説家にはなれていません」

作家の手によって鍛えられ、意図的に向けられた残酷な言葉の刃。

「かつて図書館で夢を語ってくれた人の惨めな姿なんて、見るに堪えない」

年下の少女からの辛辣な言葉を、否定できなかった。

「そこで次は、わたしが先生の人生を変える番です。わたし、夢を諦めきれない先生が書く小説が読んでみたい」

三ツ春が椅子から立ち上がって身を乗り出す。

「妙に大げさだな。人生を変えるって、どんな――」

そしてスマホを右手にゆっくり距離を詰めてきたかと思うと。

次の瞬間。

信じられないことが起きた。

「――っ？」

机を挟み、ゼロ距離まで近づく三ツ春。

ほとんどメイクをせずとも艶（つや）やかな頰、わずかにカールした長い睫毛（まつげ）、書店の空気をかき消す甘い匂い。

首に力がかかり、見えない引力に顔が引き寄せられる。

乾いた唇にいきなり重ねられた、温かく柔らかい感触。

同時に響いたのは、カシャッというスマホのシャッター音。

身体の芯が熱くなり、とっさに声が出せなかった。

三ツ春の左手は、俺のシャツの襟首を握っていた。

「ふーん……こういう感じ、なんだ」

俺を解放すると、まるで感触をなぞるように自身の唇に指で触れて呟く三ツ春。

右手のスマホには、とんでもない写真が残っていた。

「お、おい……なに、考えて……？」

画面に写っていたのは、サイン会で若い女性作家と口づけを交わす成人男性。角度的に三ツ春の左手が見えず、俺のほうから能動的にキスしているように見える。

「ふふっ……わたし、実はキスってしたことなくて」

理解が及ばない行動に、怒りすら湧いてこない。

しかも、ファーストキスだって？

「一回してみたかったんです。でもクラスの男子じゃ、なんか嫌で」

「おま、そんな……大事な……」

「大事って？」

「だって……初めて、って」

「ふふっ。先生は優しいですね。自分の立場よりも、わたしの心配をしてくれるなんて」

どうすればいい？

なんて言えばいい？

「今すぐ写真を消せ」？

「大人をバカにするな」？

「脅迫は犯罪だぞ」？

どんな言葉を吐いたところで、取り返しがつかない。

たった今、教え子の女子高校生に社会人としての命運を握られたのだ。

「あれ、先生は嬉しくないんですか？」

意味が分からない。

こんなの、普通じゃない。

言葉を失って棒立ちになった俺に、三ツ春は言う。

「テーマ不問、八千文字以内。提出は来週の授業後に」

いったい何を言っているんだ？

そんな疑問を口にする隙すら与えず、あふれんばかりの笑みとともに彼女は告げた。

「小説を書いてきてください。この写真で、人生を終えたくないのなら」

○

どうやって帰宅したのか、あまり覚えていない。気がつくと、俺は学生時代から住んでいるワンルームマンションに無事たどり着いていた。

頭から消えない、黒のカジュアルワンピースに身を包んだ教え子の姿。

そして……唇の感触。

事実は小説より奇なり。

琴羽ミツルは、三ツ春琴音だった。

しかも、なんとあの時の図書館の女の子だった。

それだけじゃない。

机の隅を見る。サイン色紙を置くために片付けておいたスペースには、まだ何もない。

サインを貰いにサイン会に行ったら、教え子に無理やりキスをされて弱みを握られ、小説を書けと言われた……これだけですでに小説じみている。

曖昧な意識にすがりながら、ノートパソコンを起動する。

ブラウザの検索窓に「琴羽ミツル」の文字を打ち込み、トップに出てきたオンライン百科事典を開いた。

《琴羽ミツル》

《琴羽　ミツル（ことはね　みつる、生年不詳）は、日本の小説家》

《略歴》

《短編小説『天蓋孤独』で、青麦社の主催する第26回文芸あおば新人賞（短編部門）を受賞してデビュー。選考委員代表の神田邦明（くにあき）は『童話的なファンタジーを背景にしつつ、寄り添われることのない孤独を間接的に描写した秀作。これからも普遍性のある作品を生み出してほしい』と受賞作を評した。青麦社によれば、デビュー当時十代》

《人物》

《繊細な情景描写で登場人物の心情を描く短編小説を得意とする。兄妹（きょうだい）の関係性をモチーフにした作品が多いのも特徴的である。著書のあとがきにてメディアへの露出はしないことを宣言しており、年齢・性別・出身地・経歴などの素性を明かしていない》

《作品リスト》

《・天蓋孤独：受賞翌年に刊行。同名のデビュー作が収録されている》

《・失遊園》

《・明るすぎる》

まだ今日のサイン会のことについては更新されていないようだ。

第三短編集『明るすぎる』を最後に、最近二年間は新刊が出ていない。

部屋の本棚に目をやった。

隅の方で、小説のノウハウ本が何冊も埃を被っている。家に立ち寄ったことのある彩叶には「もう書かないいんだから売れればいいのに」と言われたが、なんとなく時間がなく今に至る。

そんな本棚のよく見える一角に、琴羽ミツル作品の背表紙が並んでいる。

第二作『失遊園』にいたっては保存用のサイン本もある。サイン会は今までなかったので、出版社が限定販売したものだ。これも、彩叶には「なんで同じ本が二冊もあるの？」と言われたものだった。

俺は『天蓋孤独』を手にとった。《文芸あおば新人賞》受賞の翌年に刊行された、琴羽ミツルの処女短編集だ。

星空の描かれた装丁が、神秘的で美しくもどこか哀愁を感じさせる。

何度も読み返した本なのに、初めて触れたような緊張感に襲われた。

同名デビュー作のストーリー自体はシンプルだ。

物語は、塔の頂上で孤独に育った少女の一人称で語られる。欲しいものはなんでも手に入るが、一人では出られない。親の帰りを待ち続ける中、塔にあった大量の本を読んで勉強する。やがて知識をつけることで、自分が親に捨てられたことを悟ってしまう。少女を癒やせるのは、永遠の星空だけ……。

特別にエンターテインメント性が高いわけではない。超展開があるわけでも、謎解きがあるわけでも、大どんでん返しがあるわけでもない。構想も際立ってユニークではない。有名なグリム童話に着想を得ていることは明らかだ。

それでも、塔に住む孤独な少女のことを自分が実際に知っているかのような感覚に取り憑かれる。儚げな文体はまるで手紙のように、読者の心に浸透していく。ファンタジーでありながら、描かれているのは少女の孤独。途中から小説を読んでいるのか少女の話に耳を傾けているのか分からなくなる。

現実にすら干渉する創造の世界。

ただ単にストーリーが面白いだけが文学作品の価値ではないことが、自然と理解できる。初めて読んだとき、気がついたら涙が頬を伝っていた。それは物語に感動したから……だけではない。

小説家志望の文学部生だった俺に叩きつけられた、とんでもなく高い壁。

深く突き刺さった、帯の「十代の俊英」という文字列。

歴然とした才能の差。しかも一発屋ではなかった。

翌年の『失遊園』、その翌年の『明るすぎる』……俺は就職することを決めた。

「琴音……琴羽……、三ツ春、ミツル……」

手元のメモ用紙にペンを走らせる。

MITSUHARU　KOTONE
KOTOHANE　MITSURU
「いや、でも。まさか、な……そんなのありえないだろ、冷静に……っ」

計算すると、おかしな結果になる。

俺が『天蓋孤独』の単行本に出会ったのは大学二年のときなので、四年前。その一年前に琴羽ミツルは新人賞を受賞している。

今、俺のクラスにいる三ツ春は高校二年生。

本当に、琴羽ミツルの正体が三ツ春琴音だったとしたら。

「冗談、だよな。十代でデビューって……小学生、だったのか」

いったい、誰が考える？

人生の酸いも甘いも知った大人ですら届かない、純文学の新人賞。

その受賞者が――当時十二歳の少女だったなんて。

今日、俺は初めて三ツ春琴音と会った気がした。

第二章　悪魔の契約

1

社会人には、どんなに寝不足な日でも仕事がやってくるもので。

その日の気分で昼まで寝ていられる大学生活――もっとも、彩叶（あやか）みたいに真面目な学生生活を過ごした人には縁がなかっただろうが――とは違う。

「ふあ、ぁ……」

講師室で、ついあくびが漏れてしまう。ただでさえ夕方は眠くなりやすい時間帯だ。

「どうした佐野（さの）。今週はやけに眠たそうだな」

「すいません。えっと、夜中まで本読んでて……仕事はちゃんとするんで」

「いやいや。さすが国語教師だ。俺は読書で夜ふかしするなんてありえんからな」

あれから一週間。

昨夜ようやく、俺は三ツ春（みつはる）に出された課題を一応の完成まで仕上げたところだった。

「おい。何を見ているんだ……ん、《小説公募ナビ》？」

筋野さんが俺のパソコンを覗いてくる。ちょうど、《文芸あおば新人賞》……琴羽ミツルがデビューした文学賞のページを開いていた。

「ちょ、見ないでくださいよ」

「俺でも知ってるぞ。これ、新人賞の情報をまとめているサイトだよな」

「なんで筋野さんが知ってるんですか」

ツッコまずにはいられない。

「ちょっと学生の頃にな。数学をテーマにした川柳のコンテストに応募したことがある」

意外すぎる。

完全な偏見だが、体育会アメフト部の人間がすることじゃない。

「無論、落選だったけどな」

いったいこの人がどんな川柳を出したのかは気になるところだが、聞くと長くなりそうなのでやめておくことにする。

「佐野、なんか小説書くのか？」

「……書きませんよ。見てただけです」

「なんだ、つまらん。書いてみればいいと思うがな。文学部卒、国語講師からの作家デビューとか王道っぽいじゃないか」

「文学部は、小説家養成所じゃないんです」

彩叶の言葉を自分なりの言葉に言い換えて、筋野さんに伝える。

「そういえば、なんていったか。佐野の好きな小説家。サイン会の。なんとかミチル」

「……琴羽ミツル」

「そうだそうだ。先週のサイン会はどうだった？」

「まぁ、良かったですよ」

「おぉ……って、その割にはなんか普通だな。幻滅したのか。イメージと違ったとか？」

幻滅。

できたらどれほど良かったか。

「たしかに、イメージとは違いましたけど」

——謎の小説家・琴羽ミツルの正体は、教え子の三ツ春さんでした！

——しかも、俺と過去に図書館で会ったことがあって！

——無理やりキスされて写真まで撮られて、脅されて小説を書いてます！

……なんて、言えるわけがない。信じてもらえるわけもない。

「小説家のファンだったとして……本人の素性を知りたいかどうかは派閥がありそうだな」

同意するが、知ってしまった事実はそんな生やさしいものではない。

「今年も授業で使ったのか？」

「はい。ちょうど解説したばっかりです。先週」

「好きな小説で授業とは、いいご身分だ」

「ちゃんと入試で出題されてますから。筋野さんも読みます？　単行本、貸しますよ」

「パス」

即答。バイト時代に聞いたところによると、中学生の頃から数えるほどしか本を読んでいないらしい。俺からしたら信じられないが、世間一般の人はそんなものかもしれない。

「自慢じゃないが、国語はからっきしだったからな。理系科目と比べても、点数の基準が曖昧だろう。下線部における登場人物の気持ちとか、わけが分からん」

大学入試の国語について、よく言われることだ。これは俺の授業を聞いてほしい。

「いやいや筋野さん。それ偏見ですって。実際には登場人物や作者の気持ちを聞く問題ばかりじゃないし、何より読解っていう行為は作者の考えを離れても良いと――」

「おぉっと。時間だ。佐野もだろ。熱いメッセージは、俺よりも生徒に聞かせてやれ」

筋野さんに現代文という科目の妥当性を力説しようとしたが、ひらりとかわされる。

今日は水曜日。つまり、担当授業は――

○

「よく言われることとして『作者はそんなことまで考えて書いていない』っていうのがあ

るよな。ほら、国語の入試問題を実際に作者に解かせたら全然解けなかったみたいな」

話しながら、生徒たちの方に向き直る。

窓際の席で、今日は遅刻してこなかった三ツ春がこちらをまっすぐ見つめている。いつもと違い、眠たそうにもしていない……が、相変わらず宿題はやってこなかった。

「これはたしかに一理あるんだが、二つの意味で正しくはない……と俺は思っているし、似た意見の国語の先生も少なくないと思う」

ふと、三ツ春と目が合う。

「一つは、作者は基本的にかなり考えて文章を書いているし、大学側もクレームが来ないように問題を作り込んでいる。だから多くの場合、ちゃんと妥当な答えが存在するんだ」

視線を外さない三ツ春。授業をしているのはこちらなのに、心臓を握られているような、あるいは力量を試されているかのような。

「物語文だとどうしても解釈の余地が広いように思えてしまうけど、学力が高い人では答えが一致する。つまり試験問題としてちゃんと機能してるってことになるな」

今も俺は、憧れの小説家に現代文の講釈を垂れていることになる。

「二つ目は……そもそも、《作品の読解》は《作者の意図》を離れることがあっても構わないんだ。これは、普通に受験勉強をしていてもちょっと分かりづらいかもしれない」

いつの間にか、ほとんど三ツ春に向けて話しているように錯覚していく。

彼女に徐々に焦点が合っていくにつれ、他の生徒がぼやけていく。

「この辺に興味がある人は、大学できちんと文学の勉強をしてみるのもいいと思う。ただ読書するんじゃなくて、作品を解釈するってことだな。例えば紫式部やシェイクスピアがどういう意図で作品を書いたかも大事だが、作品から普遍性――つまり、時代を超えても変わらないテーマやメッセージ――を抽出するのだって重要なんだ」

つい、弁に熱が入ってしまった。

「要するに《作者の意図》だけに限らず、作品の持つ深みを模索していくことが《作品の読解》っていう営み……だと思う」

これは文学部のときに面倒を見てくれた教授がよく言っていたことだ。

クールダウンして話をまとめようとしていると、視界の中心にいる三ツ春がわずかに微笑んだ。彼女は、入試問題の登場人物じゃない。行動の意図するところが分からない。

俺の授業に納得しているのか、見下しているのか。それとも、ただ若い男性講師をからかっているのか。

笑顔で三日月のように細くなった目は――教え子である女子生徒の表情にこんな感想を抱くなんて言語道断だが――妖艶で、気を抜くとどこか別の世界へと惹き込まれてしまいそうだった。

いつも授業後は質問対応の時間をとっているが、実際に残る生徒はほとんどいない。しかし今日に限って、一人だけ教室に残っていた。

それは最も質問しそうにない生徒。

そして最も二人きりになりたくない生徒。

そう、三ツ春琴音だ。

分かっていたことだが、自然と身体に力が入ってしまう。

「なかなかいい授業でしたね」

「それが生徒のコメントか」

生徒にナメられているのか、ベストセラー作家に褒められているのか。

「ん」

三ツ春は静かに距離を詰めてきて、そっと手を出した。まるで、ペットの犬にお手をさせるように。

「……写真、消してくれよ」

俺はクリアファイルに入れた原稿を彼女の小さな手の平の上に載せた。書いた小説は、A4用紙で八枚。七千文字くらいだ。我ながら、よく一週間で書けたと思う。憧れの作家に読まれるというプレッシャーのなせるわざか。

「ふふっ、やっぱり。先生、書く人なんだ……では、ご褒美を差し上げます」

俺に、彼女は一枚のファイルを手渡してきた。不透明で、中身は見えない。

「これ、なんだ？」

「先週の、琴羽ミツルの回の宿題プリントです」

ずっこけそうになる。

どうしてこのタイミングで、とは思いつつ講師として受け取らないわけにはいかない。

憧れの小説家が自作を題材にした入試問題を解いて持ってきているというこの状況、採点する側としては冗談がきつすぎる。

「それじゃあ先生、また」

一言それだけ告げ、三ツ春は振り向くこともなく教室を後にする。

「また……って、おい。写真は！　消してくれないのか！」

取り残された俺の声だけが、教室に虚しく響いた。

そして、彼女が提出した宿題プリントに目をやると――

「これ、は……！」

宿題には、まったく手が付けられていなかった。

い、い、い、名前だけだった。

名前だけ。

ファイルから取り出した答案用紙に書かれていたのは、
それも、氏名の欄にではない。

さらに言えば、本名でもない。

国語の答案用紙に大きく書かれていたもの——それは、サイン会で貰うはずだった『琴羽ミツル』の直筆サイン。

そして、流れるようなサインの右下には簡潔な一文が添えられていた。

『月末、土曜日の十六時に区立図書館の三階まで』

2

華の金曜日。夜は恋人と会う予定もある。誰がどう見ても、まさに最高の週末の幕開け……のはずだった。

教え子によって、とんでもない爆弾さえ投下されていなければ。

「おい、聞いたか佐野」

ちょっとしたデータ入力作業をしてあとは帰るだけになると、講師室で筋野さんがひそひそ声をかけてきた。

「麻布十番校の男性講師がクビになったらしい」

筋野さんは硬派に見えて、この手の噂話が好きだ。

「そりゃまた、どうして」

「女子生徒と外で会ってたらしい。何回も。保護者バレっぽいぞ」

「……それはなかなか」

「ヤバいことはしてないらしいが、もし警察沙汰になったら経営にも響くからな。妥当な処分だろう。リスクのある社員は切るのが正解だ」

「……もちろん、そうですよね」

「そもそも、外で会うだけで契約違反だしな」

「……分かってます」

「ん、分かってる？」

「あ。いや。知ってるってことです。もちろん」

「だはは っ。お前が何を心配することがある」

そうだ。

筋野さんの言葉で我に返る。

考える余地など、初めからない。

「それより、小説はどうした。執筆は進んでいるか？」

「い、いえ……」

進んでいるどころか、プロの添削が明日に迫っていた。

「隠さなくていいぞ。書いていないなら《小説公募ナビ》など見る必要ないだろう」

筋野さんが俺のパソコンを指差す。

「……見てただけですって」

「まぁいいさ。こういうのは、周囲が急かしたり詮索したりするものでもないからな」

「だから、出しませんって」

「聞き方を変えるが、書きたいという気持ちはないのか？」

詮索しないはずではなかったのか。

「……気持ちだけで書けたら、この世に『小説家志望』なんて一人もいませんよ」

過去の自分にも言い聞かせるように、筋野さんを諭す。

「書きたい物語を好きに書けば、もうそれが小説なんじゃないのか？」

「それは……きれいごと、ですよ。たぶん」

「そうかぁ。小説なんて読まない俺が言うのもおかしいが、色々と勉強してきた分だけ勝手にハードル上げちまってるんじゃあないか。新人賞とってデビューは難しくても、まず書いてみりゃいいじゃねぇか。自己表現だろ？」

「それは、そうかもしれませんが」

「佐野、小説家になりたいんだろ。本当は」

「……大学のときは、正直そうでしたけど」

「嘘つけ。今もだろ。どうせ、こないだのサイン会で熱意が湧いてきちまったんだろ？」

「……そう見えます？」

「誰でも分かるさ。お前、休み時間中ずっと《小説公募ナビ》ばっか見てるしな」

俺って、そんなに分かりやすいのだろうか。

「小説家なんて、中年でデビューする人も多いイメージがあるけどな。佐野は元から読書もしてるし、国語力はあるんだ。今からでも、プロは夢じゃないだろ」

筋野さんの目は真剣だった。

バカにしているのでも煽っているのでもなく、純粋に俺の背中を押しているのだ。まるで、進路相談に乗ってもらっているかのようだった。

「なんでそんなに発想が柔軟なんですか？」

「数学だ」

「え？」

筋野さんの口から出た予想外の単語に、間の抜けた声が出てしまう。

「俺が数学をやってきたからだ」

「それが小説と関係あるんですか？」

「大ありだ」

シャツを押し上げるほど筋肉がついた腕を組む。

「いいか。大学まで数学を学んできたやつ全員が、俺みたいに最初から塾や学校で教えたいわけじゃない。それぞれ見据えてる高みってやつがある」

文系の俺にも納得できる。以前、文学研究で博士課程まで進んだ国立大学の学生と会ったことがある。卒論のレベルも桁違いで、俺なんかとはまったく違う人生を歩んでいた。

「上を見ればキリがない。大学数学に手を出してる中高生だって、探せばゴロゴロいる」

筋野さんの例は数学だが、頭をよぎるのは三ツ春のこと。

彼女は、まだ大半のクラスメイトが文庫本すら読んでいないような時期に、権威ある文学賞を受賞しているのだ。

「真摯に学問に向き合っているやつは偉いし、やはり総じて優秀だ。俺は、そこは認めたい。だが世界はそれだけじゃない。俺みたく受験生に教えたり、他にもブログで面白い問題を紹介したり、ネットに解説動画を出したり……好きと得意は、いつも一緒じゃなくたっていいんだ。ま、負け惜しみと言われればそれまでだがな」

ガハハと笑う筋野さん。講師室に笑い声が響き、他の講師たちがこちらを見る。

俺は素直に感服させられていた。

「先輩風吹かせて悪かったな。とりあえず、俺が言いたいことは一つ」

生徒人気の秘訣(ひけつ)は、どうやら筋肉だけではないらしい。

「未来を変えられるのは行動だけだ。もし書きたいなら、書いてみろって」

○

最寄り駅の改札を出ると、すでに彩叶が待っていた。

俺と彩叶の家は徒歩十分くらいの距離だ。同じ駅を使っているので、バイト時代から待ち合わせることも多かった。

「お待たせ……じゃあ、どこ行こうか？」

お互いに一人暮らしなので、最低限の自炊はしている。

だが今日に関しては二人とも気力が足りず、外食することになった。

「そうね。なんでもいいかな。騒がしくなければ。この辺りは生徒もいないし」

恥ずかしながら事前に見繕っていなかったので、アプリで適当にあたりをつける。

「一番近いと……アレかな」

俺は駅の正面にあるビルの五階を指差した。

オレンジ色の看板。高貴な名前の有名ファミレスチェーン店が入っている。

「あはは、よく行ったなぁ高校生のとき。ずっとドリンクバーで居座ったりね」

……こっちはそこまで冗談のつもりでもなかったんだけども。

「はぁ。なんか今週は疲れたな」

上品にナイフを使ってチキンソテーを切りながら、彩叶はため息をつく。

結局、駅からほど近い洋食屋に落ち着いた。二人で何回か来たこともある店だ。

「やっぱりクラス持ってると大変？」

「ううん。授業はいいんだけどね。今日は部活のほう。オケの合宿。いつも使ってる合宿所が取れなかったとかで、私も含めて緊急の話し合いになって。なんとか宿は取れたみたいなんだけど、夏休みの予定は変更。私の夏休みは八月になったの」

聞いているだけならちょっとしたトラブルは楽しそうでもあるが、開央（かいおう）大付属のオケは人数も多い。幹部学年との話し合いだとは思うが、それなりに長引いたのだろう。

「もう、ちゃんと聞いてってば。正道（まさみち）くんにも関係あるんだから」

「え？」

「え、じゃないよ。夏休みの予定が変更になったんだって。七月末は合宿」

彩叶のジト目に、オムライスを口に運んでいた手を止める。

「本当に申し訳ないんだけど、今年は休みを合わせられないってこと。合宿が正道くんの夏休みとかぶってる。期末テストの採点して成績つけて、終業式が終わったら、そこからすぐに合宿って感じ。七月は休めないな」

教員は生徒と同じくらい夏休みが長いと思われがちだが、実際には様々な業務がある。

俺の申請していた夏休みは、七月の最終週。彩叶に合わせていた。

「でも、まだ副顧問だろ？　途中参加とか、途中帰宅とか……」

俺が言い切る前に、肩をすくめる彩叶。

「できるわけないじゃない。仕事だもの。プライベート優先するのはどうかと思うし……それに、きちんと働いていれば今後もこういうことはあるよ」

予想どおりの反応ではある。

責任感が強い彩叶の「できるわけないじゃない」は、本当に「やりたくてもできない」ではなく「私にそんな選択肢はない」のニュアンスだ。

皮肉でもなんでもなく、社会人の鑑だといつも思う。

「今年は仕方ないかな。日曜は会えるし、年末年始もあるじゃない。それに私は、正道くんに塾での評価を落としてほしくないから」

彩叶はいつでも落ち着いている。

「さ、食べちゃおうよ」

手元の料理をきれいなテーブルマナーで口に運ぶように、決まったとおりになんでもこなしてしまう。勉強も、仕事も。

地に足がついた彼女はいつも正しい。外見だけでなく、中身まで曇りなく整っている。

付き合いはじめたときから変わらない、彼女の長所だと思う。

こんな恋人に隠し事ができてしまったことが、ただただ申し訳ない。

「明日も早いんだよね。土曜日がなければ、もっとゆっくりできるんだけど」

開央大付属は土曜日も午前授業がある。それに、オケは午後も練習があったはず。放課後になると校舎に練習の音が響き渡っていた。

「いいって。少しでも会えて良かった」

「正道くんは、明日は予定あるの？」

頭をよぎる、答案用紙。きれいな手書きの文字。

「いや……ない。ゆっくり来週の準備でもするよ」

「じゃあ、もしオケが終わったら電話するね。早ければ四時過ぎには上がれると思う」

○

自室の電気をつけ、着替えもせずにベッドに倒れ込む。
――『月末、土曜日の十六時に区立図書館の三階まで』
正しい行動は分かっている。
キス写真の件も含めて、断固として大人の対応をとるべきだ。
普段は生徒に感情的にならないようにしているが、これは見過ごせない。教育者としてきちんと怒るべき事案だと思う。

生徒と外で会ってクビになった講師の話を思い出す。

少しだけなら、が命取りになるのだ。個人の事情など、誰も耳を貸してくれない。塾の外で生徒と待ち合わせて会うなど、社会人としてあってはならない。

……それなのに。

机に広がった数冊の本を見る。『面白い小説を書くには』、『現役プロの小説家が教える！　最強の描写テクニック』、『新人賞のためのプロット入門』……過去の自分によって付箋やマーカーの引かれたノウハウ本の数々。

こんなものを数年ぶりに引っ張り出してきて、自分はいったいどうしたいのか。

「典型的な、書けない人間なんだよ。俺は」

学生時代、インターネットの小説投稿サイトで短編小説を書いたことはある。一万文字弱の短編で、何度も推敲（すいこう）した。ノウハウ本に書かれていたテクニックも利用した、渾身（こんしん）の一作だった。

結果は……ページビュー二桁、お気に入り登録をしてくれたのは三人だけ。

しかし世には、何もしなくても最初から「書ける人間」というのは存在するのだ。

「三ツ春、琴音……」

教え子の名前を口に出してみる。

雨の日はタクシーで帰る、遅刻と居眠りの常習犯。

彼女が、琴羽ミツル。

――『先生も小説を書くんですよね？』

どうしてそんなことを聞くんだ。

一作なんとか仕上げたものの、厳しい評価が下されるであろうことは想像に難くない。

お願いだから、もう一度だけ諦めさせてくれ。

今度はとどめを刺してくれ。

もう二度と、半端な夢など見られないように。

3

自動ドアのエントランスを抜けると、紙の匂いが昔の記憶を呼び起こす。

昔から図書館が好きな子どもだった。

よく両親に連れてきてもらった。絵本を借りては、読んでもらっていた気がする。小学校が休みの日には、一日中ここで過ごしたこともあったっけ。

親に言えばある程度の本は買ってもらえたが、一生かかっても読みきれないほどの本に囲まれた空間そのものが好きだった。

「ここで会った女の子が……三ツ春だったのか」

中学までは勉強に使うこともあったが、次第に足が遠のいていた高校一年生の秋。一人で静かに泣いている女の子を見つけた俺は、迷子かと思って話しかけた。違うと言いながらも涙を流す女の子に、俺は——このコミュ力が同年代の女子相手に欲しかったところだが——好きな小説だった『銀河鉄道の夜』を読んであげたのだ。

そしてあろうことか、小説家を目指していることまで話してしまい……少女と「二人で小説家になろう」と口約束までしてしまった。しかも俺は……再会して彼女に言われるまでそれを忘れていたのだ。

どうして泣いていたのかは、最後まで教えてくれなかった。

客観視してみると、なかなかとんでもないことをしたものだと思う。完全に自分をラノベの主人公か何かと勘違いしているイタい高校生。

この区立図書館は閑静な住宅街の中に建っており、利用者もさほど多くはない。

一階にはまだまばらに人の姿があるが、百科事典や文学全集がメインの三階ともなれば確実に無人だろう。

階段を登りきって時間を見ると、ちょうど十六時。

今日の待ち合わせに、彼女は遅刻なんてしない。不思議とそう確信していた。

一列ずつ書架の間の通路を確認して奥に進んでいく。

そして、フロアの最奥にある学習スペースにたどり着くと――

「……来ちゃったんですね。先生」


少女のささやき声が、鼓膜を柔らかく撫でた。

一番上まできちんと閉じた白いシャツに、気品が漂う紺のブレザー。チェックのプリーツスカートは短すぎず、しわ一つない。

背後の書架に並ぶ文学全集さえも圧倒する存在感。出身高校の制服なんて見慣れているはずなのに、まったく別の装いに思える。

八年前に一人で泣いていた少女は、今この世界の女王として俺の前に立っていた。

妖しい微笑みに、言葉が出ない。

「ふふ。教え子の生徒と外で会うの、いけないいんじゃないんですか？」

誘ったのはそっちだろ、と言えたらどれほど楽か。

教育者として、行動をたしなめられたらどれだけ楽か。

「ここ、懐かしいですよね。先生と違って、わたしは一日も忘れた日はありません」

「……どうして制服で来たんだ。誰かに見られたらまずいのに」

土曜日の授業は午前まで。着替える時間くらいあったはず。制服の女子高生と並んだ絵

面はそれだけで危険だ。私服同士のほうが、まだ不審ではない。

「ふふっ、生徒に責任転嫁……ですか？」

三ツ春としては冗談のつもりだろうが、言い返せない。本来なら、生徒に呼ばれておいそれと従う大人のほうがどうかしている。

「もし、俺が来なかったらどうするつもりだったんだ」

「その時は、読書して帰るだけですから。ここ、家から近いですし」

一人暮らしを始めた今でも、図書館は徒歩圏内だ。幼少期の三ツ春とここで会っていたことを考えると、彼女もご近所なのかもしれない。それはつまり、ずっと琴羽ミツルと生活圏が重なっていたことを意味する。

「それに、先生はきっとわたしを最優先してくれるでしょ？」

大人をからかうな……と、調子に乗った教え子をたしなめるだけで良かったのに、そんな簡単なことにすらまごついてしまった。

「さてと。用件は分かっていると思いますが、もちろん先生の小説についてです」

これでは、どっちが先生でどっちが生徒か分からない。

緊張のあまり、そんなことを考えてしまう。いや、生徒相手に緊張している状況がすでにおかしいのだが。

「はい、まずは原稿をお返ししますね。拝読しました」

三ツ春からＡ４用紙八枚の原稿を受け取る。

それは、提出したときと何も変わっていなかった。

内容に色々とコメントや修正が書き加えられているのかと――憧れの作家に添削してもらえるのではないかと――期待していた自分が少し恥ずかしい。

課されたのは、八千文字以内の短編小説。与えられた時間は一週間。

とにかく、まずは小説を完成させることだけを考えた。

物語は単純で、一人の少女が悲しみを乗り越える話だ。父親を亡くした悲しみから高校に行けなくなってしまった少女が、迷い込んだ怪しげな店で魔法のペンダントを買う。それは身に着けて寝ると望む夢が見られるというもので、少女は夢の中で父親に再会する。父親に反抗してばかりだった後悔を受け入れたことで、翌朝から少女はもう一度学校に行けるようになる……というストーリー。

「しっかり物語を完成させていただけたこと、本当に素晴らしいと思います」

お世辞にしか聞こえないが、顔は真剣だった。

「小説家になりたいと言っている人で、面白い構想が思い浮かんだと言っている人で……実際に一作書ききったことのある人がどれだけいるか。先生は、最初にして最大のハードルをすでに超えています」

「ありがとう。それは……素直に受け取るよ」

「……では、どうしましょうか？」

「ん？」

どうしましょうか、とは？

「これからですよ。わたしとは、これでお別れしてもいいですし」

「いや、その。なんかないのか。感想、とか……」

ただ「完成させたのは素晴らしいです」だけでは、あまりに味気ない。

「もちろんありますよ」

「あるのなら……聞きたいんだが」

「先生がそうおっしゃるなら、わたしなりにコメントさせていただきたいなと思いますが」

琴羽ミツルに、書いた小説を読んでもらい感想を聞く。

キス捏造の件は別として、世の小説家志望からしたらどれだけ贅沢なことか。

「プラスとマイナス、どちらを先に聞きたいですか？」

覚悟はできている。

「マイナスから頼む」

「なるほど」

どこか人を惹きつける妖しい笑みが、一転して凛とした表情に変わる。

「わたしは――」

軽く息を吸い込むと、三ツ春は口を開いた。

「わたしは、創作というものは自由な営みだと思っています。そこに答えはありませんし、百人いれば百通りの表現やメッセージがある……偉そうな態度で創作を語るのは気が引けますが、少なくともわたしはそう考えています」

自分の肩ほどの身長しかないのに、背後の書架に収められた『谷崎潤一郎全集』にも負けないオーラをまとう三ツ春。

今まさに眼前に立っているのは、ただの教え子ではないのだと認識する。

「例えば……そうですね。特別な人のために創られたお話は、それだけで相手にとって救いかもしれません。たとえストーリーが陳腐であっても、それは些末（さまつ）なことです」

尊敬する小説家の言葉に、ただ耳を傾ける。

「でも、自分を知らないたくさんの人に読まれたいのなら変わってきます。どうしても、評価尺度がないと言っては嘘になる。人の心を動かすお話は優れているとみなされます。それは光の当たらない人々への救済や社会への問いかけでもいいですし、単純に心躍る冒険や謎解きでもいい」

間違いない。

広く読まれることを前提としたならば、優劣が生まれてしまうのも避けられない。

「そういう意味で、今回先生が書かれたお話を評価するのは……残念ですが難しいです」

厚いオブラートで何重にも包まれているが、それはつまり——

「先生の書かれた短編は、面白くありませんでした」

一気にオブラートが取り払われる。

「ここで言う『面白い』というのは、必ずしもハラハラドキドキすることを意味しません。もっと広く、小説として読者に残すものがあるかどうか……」

彼女の言っていることはよく分かる。幅広いジャンルを読む人間にとっては理解しやすい。文豪と呼ばれる人々の作品や世界的な文学賞で評価されている作品は、現代人からすれば必ずしもページをめくる手が止まらなくなるほど心躍るわけではない。

辛辣なコメントに、返す言葉がない。

いや、そもそもコメントを求めたのは自分。

作品を書いたのも自分。

読んでもらうことを選んだのも自分。

彼女の言葉は、俺が望んだ忖度なき批評だ。

冷静な分析。

「わたしは、文字数を八千文字以内って言いました。それは、まず一つのテーマを描いてほしかったからです。先生が描きたかったテーマは分かります。親子愛でしょう?」

「……あぁ」

「じゃあ、もっと効果的な描き方が無数にあります。具体的に悪いところを挙げて改善させることもできますが、今日はやめておきましょう」

淡々としていながらも、創作に対する熱意が冷たく燃え盛っているのが分かる口調。

生意気さなどまったく感じなかった。

そこにあるのは、作品に対する公正な審美眼。

「先生ご自身も、本当は作品の完成度が高くないことに気づいているはず。国語の先生なのですから。なのにどうして、このようなかたちになってしまったか。それは……」

「それは……？」

「憧れているから。わたしに対する憧れが邪魔をしているからです。先生は、憧れに縛られて実力を出せていない」

「憧れている、って。俺が三ツ春に、いや琴羽ミツルに憧れているのが逆に悪影響ってことなのか？」

「ええ、そのとおり。構成や設定がオリジナルでも、展開がわたしの作品の影響を受けすぎています。自分で描いた絵なのに、途中から有名な絵画のトレースをしたような感じです。たぶん、憧れじゃないんです。先生に必要なのは」

「それじゃ、俺に必要なものはなんなんだ？　もし分かっているなら……教えてくれ」

みっともないと思いながらも、答えを求めてしまう。すぐ答えに飛びつくなと授業では教えておきながら、なんてざまだ。

国語講師なんて、教室を一歩出ればこんなものか。

彼女は口元に小さな手を当てて考え込む仕草をすると、再びこちらに向き直る。

斜め下の角度から、俺の目を覗き込む三ツ春。

「先生は、どうなりたいですか？」

「それは……どういう……？」

「教え子がきっかけで趣味の短編小説を一作書けて、満たされましたか？」

いったい、俺は何を問われている？

「ふふ。先生の前には、二つの選択肢があります」

三ツ春が、笑顔できれいな人差し指を立てる。

「一つ。ここでハッピーエンドにしても構いません。教え子が憧れの小説家であることを知ってしまった主人公。小説を書いてみてと言われたものの、実際にやってみると難しい。とはいえ短編小説を一作ちゃんと書ききった。この貴重な経験を思い出に、小説家を諦めて地に足がついた人生を歩んでいく……上々じゃないですか。キスの写真だって、ここで消してさしあげますよ」

無難な選択だ。

教えることと実際に書くことは別。

自分に創作の才能がなさそうなことが分かった上に、憧れの作家にとどめを刺してもらえたのだ。きっぱり夢を諦めるには最高のエンドじゃないか。

そんなこと頭では分かっているのに、気がつけば尋ねていた。

「もう一つのエンディングを選んだら、どうなる……？」

区立図書館の三階を支配する静寂が、俺と三ツ春を包み込む。

書架に並ぶ古今東西の有名小説家たちの名前が、女王とともに俺を見下ろしている。

「もう一つの選択肢は、エンディングではありません」

人差し指に加え、中指を立てる三ツ春。

「その場合、先生が進む道は――」

彼女はポケットからスマホを出した。すぐに目的のページにたどり着いたようで、こちらに画面を向けてきた。

「これです」

三ツ春のスマホに表示されていたのは、俺もよく見知ったページ。

最近、何度も見ていたのだから。

《第31回文芸あおば新人賞（短編部門）》

「先生には、これを目指していただきます。一万字以内、締め切りは七月三十一日。なんといっても、一次選考の発表……上位十作に絞られるのが八月末という驚異的な早さ。最初にチャレンジする文芸コンテストですし、結果が分かるのが早いほうがいいでしょう」

「本気で言ってるのか」

「もちろん。短編ではありますが、先生は本気で小説家デビューを目指すんです」

「ちょっと待て。目指すって言ったって、あと二ヵ月しかないんだぞ。無理だ。そんな一気には――」

「わたしがいても？」

静かな声が、俺を遮った。

「わたしがいても、無理ですか？」

どういう、ことだ。

「俺には才能がないんじゃないのか」

「わたしは、才能がないとは言っていません。内容はさておき一作ちゃんと完成させてきた時点で、才能はあります。ただ、憧れが邪魔をしていると言っただけ」

「いや。だが……わたしがいても、っていうのは……？」

「ですから、わたしが教えるんですよ。先生に。小説の書き方を。二ヵ月間。そして……先生は小説家になる」

習う？　小説の書き方を？　琴羽ミツルに？

というか……「小説家になる」？

予想だにしなかった言葉の嵐に混乱していると、天井のスピーカーから間の抜けた声が流れはじめた。

《区立図書館をご利用いただきまして、まことにありがとうございます。当館は、本日は午後五時に閉館いたします――》

昔とまったく同じ、閉館十分前のアナウンスだ。

「ふふっ……この録音の声も変わりませんね。さぁ、先生。決めてください。もちろん、今じゃないとだめですよ。本気で受賞を狙うなら時間が惜しいですし」

不敵な笑みのまま、二本の指を立てて左右に揺らす三ツ春。

「いや、そんな。俺は……」

「日常に帰るか、わたしと一緒に小説家になるか。どうします？」

平凡な塾講師でいるための最後の一線。

それが今、目の前にある気がした。

「後戻りするのも大きな勇気ですよ。小説家になるのは、別に偉いことでも正しいことでもないんですから」

この一線を踏み越えるということ。

それは、社会人としてのモラルに反する決断になりかねない。

もし文通のように小説の添削を受けるとしても、さすがに一生徒との関係としては深すぎる。すでに女子生徒とプライベートで会っているわけで、言い訳が難しい状況。
同僚の筋野さんや、高校教師で恋人の彩叶に話せるわけがない。
でも。
思い返す。
琴羽ミツルの作品に初めて触れたときの衝撃を。
大学の授業中、レポート用紙に書いた、小説になりきれなかった文章たちを。
蛍光ペンで線を引きながら読んだ、小説のノウハウ本の山を。
投稿サイトに書いた、ほとんど読まれない小説を。
——『わたしがいても？』
頭の中で反響する甘い声。
目の前で微笑む女子高生、三ツ春琴音。
もし自分に可能性が少しでもあるのなら、試してみたい。
五年前に三ツ春が通過した道を、自分も歩んでみたい。
無理だ。抗(あらが)えない。
ごめん。筋野さん、彩叶。
どうやら、俺は社会人失格みたいです。
毒を食らわば皿まで、だ——

「教えてくれ……俺に、小説を」

三ツ春が白い歯を見せて笑う。

「――契約、成立ですね」

その時だった。

上着のポケットの中で、スマホが振動しはじめた。

長い周期のバイブレーション。着信だ。

電話をかけてくる人は少ない。誰もいない。相手は見なくても分かる。

「どうぞ。出てください。誰もいませんし」

「いや……大丈夫だ。あとでかけ返すよ」

心の中で、彩叶に謝る。

バイブの低い音がフロアに響き続ける。

「なんか変。あ、先生の恋人とか？」

「それ、は」

「えっ、図星なんですか。彼女さん、です？」

無言が返答となってしまった。

「ふふ、塾の先生も普通の人間なんだ」

生徒にとてつもなくうざったい態度をとられている状況なはずなのに、相手の正体と声のせいで完全にペースに呑まれている。

やがて、バイブの振動が止んだ。

「いい兆候ですね」

「え？」

三ツ春が俺の前で滔々と話しはじめる。

「塾の外で女子生徒と待ち合わせてしまった挙げ句、恋人の電話も無視とは」

……客観的な事実は認めるほかない。だが、これがいい兆候？

「ふふっ。気に入りました。そうです。創作に、現実のモラルなんて邪魔……もっともっと、現実なんて忘れさせてあげます」

もうすでに、今に至るまで十分に現実離れしている。

「さて。そろそろ閉館ですね。別々に出ましょうか。もうすぐ中間テストがありますが……それはどうでもいっか。今後のことはまた、先生の授業でお伝えします」

塾講師と強引にキスをするような生徒の唇から出る、中間テストという単語。奇妙なアンバランスさにめまいがする。

「では、お先に失礼します」

「……って、待ってくれ。忘れてた」

立ち去ろうとする三ツ春を呼び止める。

「なんでしょう?」

聞くは一時の恥、だ。

「プラスのコメントのほうを……まだ貰ってないんだが」

「あはは。そうですね、忘れてました。一つだけ良かったところがあります」

くすくす笑いはじめる三ツ春。

「先生に、日本語の運用能力があることが分かりました」

「おい……」

「ふふっ、冗談です。先生、わたしには書けないものを書こうとしてたから。それはちょっと新鮮でした」

「琴羽ミツルに、書けないもの?」

そんなものがあるとは思えない。

俺の考えていることを悟り、それに応えるように彼女は首を横に振った。

「親子愛をテーマにするなんて、わたしにはできないな」

4

「お疲れさま、天崎先生」

「もう」

帰りの時間が近かったので、駅の改札で彩叶と落ち合う。

「なんか……疲れてる？」

夜道を歩きながら、どことなく元気がなさそうな恋人に声をかけた。

「……ううん、そんなことないよ。でも授業が多い曜日だったから喋り過ぎたかも。あと、来週は中間試験だからバタバタしてるのよね」

それは疲れているということなのでは。

「今年は担任持ってコマ数も増えたから、しっかりテストも作らないといけなくて。しかも、問題を作るってことは自動的に採点業務もできるってことだし」

「あー、それ教員あるあるだよな。国語も記述問題が多すぎると大変だ」

「まったく……塾はお気楽でいいよね。こっちなんて、二百人以上いるんだよ？」

俺としては共感した一言のつもりが、呆れ顔をする彩叶。

開央大付属は一学年が八クラス二百四十人。一方で、俺の生徒は多くても一クラス二十人程度。うかつだった。

「英語は必修だから学年全員。しかも、学校の方針で記述問題を多めにすることになってるからそれなりに時間もかかる」

「たしかに、やたら英作文とか和訳が多かったな。そういう方針だったのか」

「それに高校生の英作文って答案の個人差も大きいでしょ。帰国子女もいるし……好きな仕事とはいっても、それなりには負担なの」

　思い返せば、中学までの英作文や英文和訳は答えがほぼ一通りの問題ばかりだった。だが高校に入ってからは表現の幅が増えてきて、自分もかなり苦労したのだ。

「でも、彩叶の持ってる英語はリーディングなんだろ？　英作文はライティングの先生が出すんじゃないのか」

「形式としては長文読解だけど、私は英語の文章で答えさせる問題を作ってるから」

「そうですか」

　真面目な彩叶らしいといえば、らしい。

「あと……今日は、隠れて部活のミーティングしてた生徒を見つけちゃってね。生活指導の先生と話し合いとかもあって」

「たまにいるよな。青春って感じだ」

　中間と期末の一週間前からは、重要な対外試合など特別な場合を除いて部活動が禁止されている。

「青春って感じ、じゃないよ。ルールはルールなんだし……青春って言えば聞こえはいいけど、やっぱり学生の本分は勉強でしょ」

「見つかったのって何部だ？」

「何部だと思う？」

「うーん。試合前の部活とか？　野球部とかサッカー部とか？」

「ううん。それならわざわざ何部だと思うかなんて聞かないよ」

「まさか文化部か。将棋とか囲碁とか……でもテスト前にミーティングって雰囲気の部活じゃないような」

「答えは、正道くんの後輩たち」

「……天文部か」

　まるで俺自身も彩叶に叱られているような気がしてきた。

「テスト期間中に天体観測する打ち合わせをしてたの。しかも、部員じゃない子まで一緒に巻き込んで」

　観望会（かんぼうかい）、というやつだ。

　定期的に開かれるイベントで、生徒なら誰でも気軽に参加して自由に星を観（み）ることができる。機材の操作や簡単な天文レクチャーをするのが部員の仕事だ。

　一学期の後半は梅雨で部活ができない期間も長い。俺のいた当時から、テスト期間中にこっそり活動する部員もいた。プライベートな活動と言い張ってたっけ。

新月で晴れという、星を観る好条件がテスト期間中に整ってしまうことも珍しくない。

「それくらい別にいいじゃないか。誰に迷惑がかかるわけでもなし。生活指導にまで言わなくても、その場で言い聞かせて収めれば」

星好きがノリで集まって、友達も誘って息抜きがてら非公式の観望会を開こうとしていたところを見つかってしまったのだろう。簡単に想像できる。

「一件ずつはね。でも、結局ルールって例外を認めたら際限がないし……それに、今回は部室に集まってた。上の先生にも、言い訳できないから」

彩叶の言うことはもちろん正しい。

書類の提出期限などは、一分でも過ぎたら受理されないことも多い。よく「お役所仕事」と言われるが、感情で動いてはいけない部分もたしかにあるのだろう。

夜空を見上げる。

街の明かりで暗い星は見えないが、それでも有名なものはすぐに見つかる。

おおぐま座の北斗七星、うしかい座のアークトゥルス、おとめ座のスピカ……いわゆる「春の大曲線」と呼ばれる広大なカーブを追う。

「星空は一期一会、か」

今も忘れない天文部の部訓。同じ条件の星空は二度とない。

しばらく歩くと、いつものY字路にさしかかる。

「そういえば最近、正道くんの家に行ってないけど……ちゃんと自炊はしてる？」

「あ、あぁ。人並みには。でも最近、授業の準備が忙しくてさ」

「そう。じゃあまたね。おやすみ、正道くん」

「あぁ。おやすみ。気をつけて」

手を振ると、Y字路を右に進む彩叶。俺は左の道で帰路につく。

○

一人になってしばらく歩いていると、背後から女性の声に呼び止められた。

びくりとして、思わず声をあげるところだった。

「お久しぶりやね。佐野正道さん……いや、佐野センセ」

今の自分は、正直言って脛に傷がある。三ツ春とのことを誰かに知られたら終わりだ。

警戒心と同時に不安が一気に押し寄せた。

しかし相手の姿を直視すると、すぐに警察や高校の関係者でないことは分かった。

第一印象は――ド派手。

夜でもきらきらと輝く金髪がまっすぐ腰まで伸び、背中の中央で束ねられている。それもただのヘアゴムではなく、赤いリボンで。

「ほーん。こないな感じか」

腕を組んで品定めするようにこちらを見る、大阪弁の女。

服装もかなり目立つものだった。

真っ赤なデニムパンツに、同じく真っ赤なジャケット。濃いワインレッドのシャツに、黒のカジュアルネクタイを緩く締めている。赤いハイヒールは艶があり、汚れ一つない。長身のシルエットだからこそ似合う、男装の麗人といった装いだ。

超ロングのまばゆい金髪と、人目を引く全身赤のコーディネート。スタイリッシュではあるが、普段からこの服装で街を歩いているのであれば派手すぎる。

加えて、視線を集めそうなのは髪と服だけではない。

……これほど胸が大きい知り合いは、いない。

妙な女に夜道で名前を呼ばれるという恐怖すべき状況下にもかかわらず、シャツを下から押し上げる豊かなバストについ目がいってしまった。腕を組んでいるので、さらに輪郭が強調されている。

あまり良くないと思い、視線を逸らす。街で身長二メートルの人がいたらつい見てしま

うのと同じような反応だ。性欲からではない。

「今、佐野センセは琴……や、琴羽ミツルと行動を共にしとるね？」

エキセントリックな女が突然出した名前は、あまりにもタイムリーなものだった。

誰だこの人は。三ツ春の関係者か。

だが、そんなことを考えている場合ではなかった。おそらく俺は……この妙な女に尾行されていたのだ。

「やっぱり、見た目はどこにでもいる普通の男やね」

平然と失礼な発言をしてくるこの人は、どこにもいない異常な女だと思う。

「どなたですか。どこかでお会いしましたか？」

女はこちらの質問に答えないで頭を近づけ、まるで観察でもするようにこちらの顔を色々な角度から覗き込んでくる。

「やっぱり覚えてへんか、うちのこと」

いやいやいや。偶然の再会なんて、三ツ春だけで十分だ。

改めて、街灯に照らされた相手の顔を見る。奇抜な出で立ちに濃いアイメイクをしているが、目鼻立ちはかなり整っている。年齢不詳だが、美女と言っていい。それなのに、服装の衝撃が強すぎる。

どう記憶をたどっても、この人と今までに会ったことはない。こんな派手な女性、一回すれ違うだけでも強く印象に残るはず。それに、東京育ちの俺には大阪弁の知り合いは数えるほどしかいない。

「会ったことない……です、よね？」

「突然やけど、佐野センセに問題や」

「――は？」

意味が分からない。会話が成立していない。

頭が追いつかないまま、女が口を開く。

「琴羽ミツルのデビュー作タイトルは？」

「……『天蓋孤独』、ですが」

「受賞した賞の名前は？」

「文芸あおば新人賞。短編部門」

「刊行されている短編集は何冊？」

「三冊」

なんなんだ、この状況。

自分が何に巻き込まれているか分からないまま、正解を重ねる。ここまでは、少しでも琴羽ミツルが好きなら誰だって知っていることだ。

「短編『観覧車にて』が載っている短編集は？」

「もちろん、第二集『失遊園』です」

「語り手は観覧車に……？」

「……乗っていいない」

短編『観覧車にて』は、作中描写から横浜みなとみらいエリアの観覧車がモデルとされている。

あたかも兄妹で観覧車に乗っていると読者に思わせておきながら、実際には山下公園で妹が思い出を振り返っている——兄はすでにこの世にいないと考察されている——という、異色の作品だ。

「読んだ感想は？」

「嫌いじゃありません。たしかに他の短編とは雰囲気が違いますけど、ミステリっぽい面白さもあるし」

見知らぬ怪しい女に、俺は何を言っているんだ。

「ほーん。なかなかええセンスやね」

「……どうも」

ある意味ホラーでもあるため、琴羽作品の中では評価が分かれている。短編集の中では少し浮いているのも事実だった。

まぁ、奇妙な女に絡まれている現状のほうがはるかにホラーかもしれない。

「ほな次。『星が無限にあるのなら、なんで夜空は暗いんだろう』?」

「『オルバースのパラドックス、だな』……ですか」

「佐野センセ、なかなかやりよるね」

「一応、ファンですから」

今のは、短編の一つに登場する兄妹の会話の引用だ。南国の星空の下で、妹の素朴な疑問に理系の兄が答えるシーンがある。

なお完全に自慢だが、高校で天文部だった俺はこの作品で出会う前から「オルバースのパラドックス」の内容は知っていたりする。

「第三集のタイトルは?」

「『明るすぎる』」

「明るすぎるっちゅうのは、なんのことやと思う?」

この質問の答えは俺の知る限り公式にはどこにも書かれていないので、読者の解釈に委ねられている。琴羽ミツルが意味のないタイトルをつけるはずがなく、しばしば考察される部分だ。

「あくまで、俺の解釈ですが」

「もちろん、それでええよ」

《作品の読解》は《作者の意図》を離れてもいい。自分の授業で言っていることだ。

「星あかり、のことじゃないでしょうか」

「じゃ、最後の問題や」

彼女は問うた。

「琴羽ミツルの本名は？」

――これは……簡単な問題、だ。

「言えませんね。不審者に教えるわけにはいかない」

「……Brilliant（すばらしい）。合格や。これからはマサくんって呼ぶことにするわ」

強制的に押しつけられた謎のテストに、どうやら俺は合格したらしい。

ネイティブ発音の賛辞とともに、女は表情を緩める。不審者は否定しないのか。というか、マサくんってなんだ。

アドレナリンが引いてくると同時に、俺にも少しずつ冷静な思考が返ってくる。

「あの……いったい、どなたですか？　どうして俺の名前を」

素性の分からない相手だが、俺や三ツ春のことを知る人物なのは確か。

「ふっふっふ……その時が来たら、また」

それだけ言い残すと、女はわざとらしいウインクをして夜の闇に溶けていった。

「いきなりマサくんとか呼んでおいて、自分は名乗らないのか……」

この次に三ツ春に会ってすぐ、常軌を逸した謎の爆乳女に絡まれた件を話した。もし三ツ春にとって危険な人物……例えばストーカーだったりしたら、警察沙汰になるかもしれない。伝えておかないとまずいと思ったからだ。

しかし俺の話を聞くなり彼女は大笑いすると、息も絶え絶えに一言だけ絞り出した。

「今は気にしないでください。きっと、紹介しますから……その時が来たら、また」

第三章　パラダイス・ロスト

1

「最近、なんか変わったな。佐野」

黒と緑が毒々しいエナジードリンクの缶を傾けながら宿題の採点をしていると、帰り際の筋野さんに声をかけられた。

ドキリとする。現に、こうして眠気覚ましを入れないと業務にも支障が出そうだ。

「いや、すいません。でも仕事のほうはちゃんと――」

「そうじゃない。逆だ。なんというか、活力を感じる」

「活力、ですか？」

自分としては活力があるどころか、むしろ全然足りないくらいなのだが。

「あぁ。ここ一ヵ月くらい……梅雨に入ってから、いっそうはっきりと感じるぞ」

「天気は悪いし、蒸し暑くて嫌になりますけどね」

「佐野、お前まさか……ついに小説を書きはじめたのか？」

相変わらずの慧眼に、素直に驚かされる。

絶対に言えない部分だけは隠しつつ、小説を書いていることを小声で打ち明けた。

「おぉ！」

ガタッと音を立てて前のめりになる筋野さんが、講師室の視線を集める。

「ちょっと。あんまり他の人には言わないでくださいよ？」

「いや、すまんすまん。しかし、そうか……ついに」

「なんで筋野さんがそんな嬉しそうにするんですか」

「そりゃあ、良き友人の迷いが一つ晴れたんだからな」

屈託ない筋野さんの笑顔に、書くだの書けないだの長々と悩んでいた自分が少しバカらしくなる。

同時に、言えないことを抱えている罪悪感。

「……まぁ、書くだけなら誰にでもできますから」

小説家は諦めたと言い張って、三ツ春に言われるまで大した作品も書かなかった口がよく言う……とは自分でも思うが、今はこれも事実だ。

現在の俺が直面しているハードルは、ただ書くだけよりも数段高い。

「となれば、本格的に新人賞を狙うのか」

そう。次なる問題は書く内容のほうにあった。

「いちおう、短編の文学賞に出そうと思ってます」

「おぉ。小説家デビューといえば、てっきり長編とばかり」

「普通はそうですよ。ただ、ちょうど名前を知ってる賞が七月末に締め切りなんです。まずはそれを目指してみようかと」

「すると、あと一ヵ月くらいしかないのか。短編ならすぐ書けるものなのか？」

「そうですね。でも短編は短編で難しいですし、かなり推敲しないとだめなんです。何より、短い分だけ応募総数も多いので」

「そうか。社会人だと仕事もあるしな。もう準備は進めてるのか？」

「今は……ひとまず、文章の練習に近いことやってますね。賞に出すやつは七月に入ってから考えようかなって」

「ふむ。練習ということは、誰かに習っているのか？」

鋭すぎる。

無邪気でいて勘がいいという、後ろめたい秘密を抱える人間には厄介な先輩だ。

「……いや、そこはほら。上手い作家の小説から勉強したり、本とか読んだりしてます。小説の書き方の本」

嘘はついていない、はず。

「なるほどな。練習というからにはてっきり、休みの日に小説の塾にでも通っているのかと思ったぞ」

シャツの下を汗が伝うのは、梅雨の蒸し暑さのせいだけではなさそうだ。

「そ、そうですね。そういうのもあるらしいですけど」

まさか、バレてないよな？

不安になるほどの洞察力。本当の武器は、筋肉じゃない。

「じゃあ、俺は先に帰るからな。無理はするなよ……と言いたくなるが、今の佐野にとっては無理するのも楽しいのかもな」

ジャケットを肩にかけ、「お先に失礼しまーす」と大声をあげ講師室を後にする筋野さん。

「無理するのも楽しい、か」

そのとおりかもしれない。

社会人になってから……いや、いつからか忘れていた感覚。

エナジードリンクの残りを流し込むと、再び記述問題の採点に取り掛かった。

○

そろそろ梅雨明けも見えてほしい六月下旬。

琴羽ミツルと――いまだに信じられないが、教え子の三ツ春琴音と――誰にも言えない契約を交わしてから約一ヵ月が経っていた。

三ツ春の小説指南は、ちょうど彼女の一学期中間テストが終わってから開始された。

基本的な形式は、俺が課題を提出し彼女がそれにコメントするというもの。

課題は初回とほぼ同じように数千文字の短編を書くことだが、他には指定された本を読むということもあった。

授業のある水曜日に俺がさりげなく課題を提出し、土曜日の午後に区立図書館の三階で待ち合わせる。そこで「批評」され、また次の課題が出る。

図書館の三階には、ほとんど人が来ない。もし来ても、足音を聞いてすぐに距離を取ればただ二人の利用者がいるようにしか見えない。ごまかしやすい環境が整っていた。

女子生徒とプライベートで会っている自分を弁護するのも気が引けるが、連絡先は交換していない。ここだけはお互いを守るための最終ラインだった。

課題の提出方法はアナログだ。

連絡がとれない以上、紙に印刷して手渡すしかないのだから。

「……よし」

プリンターが音を立てて吐き出したA4用紙を綴じ、クリアファイルに入れる。

今回で五作目だ。今週の課題は、《夢破れる》。

少しずつ、自分はここからだという充実感も芽生えてきていた。それは三ツ春にどれだけ辛辣な言葉で「批評」されようと変わらなかった。むしろ、それすら全てアクセルにできているかもしれない。

俺の教え子は、しっかり俺の先生だった。

2

「先生、本当に国語教師なんですか？」

「……面目ない」

「本当に文学部のご出身なんですか？」

「……いちおうは」

「何か弁解はありますか？」

「……してもいいのなら」

「どうぞ」

「高校の現代文って、知ってのとおり論説文の比重がかなり大きいんだ。だから、物語文に触れてばかりはいられない……それと、文学部といっても実際に執筆する側に役立つ講義はそこまで――」

「突然の早口」

「すまない」

「ふふっ。予想していたよりも、はるかに低レベルな言い訳ですね」

「……自分でも思ったよ」

「それにしてもこの文章の癖、どうにかならないでしょうか。論理的すぎます」

「自覚はある」

「はぁ。急に開き直らないでください」

三ツ春が学習スペースの椅子で脚を組み直す。

「とにかく」

私服で来いと毎回のように言っているが、いまだ聞き入れてもらえず。

「一言でまとめると、先生の作品は説明が多すぎます。これじゃ人間観察日記です」

クロスした脚の細いラインに沿って柔らかく形を変える制服のスカートと、くいくいと小さく揺れる黒いローファー。夏服の半袖シャツから伸びる白く華奢な二の腕。

互いのパーソナルスペースを重ね合う、女子高生と成人男性。

傍から見たら、相当に問題がある状況。

もっとも、今日もここ区立図書館の三階には他の誰もいないのだが。

「わたしが赤を入れた部分は、変えたほうがいい比喩表現と余計な説明です。特に後者は大きな欠点になっています。大幅にカットするか、他の描写で代用したほうがいいでしょうね。ストーリーは悪くないのに、文章で台無しです」

俺の手元には、真っ赤に染まって返却されたＡ４の原稿。

今回のテーマ《夢破れる》は、抽象的なだけに難しいが自信があった。主題の輪郭を、実感を持って描けると思った。

しかし、三ツ春からの講評は散々なもので。

「曲がりなりにも《文芸あおば新人賞》を目指している以上……つまりエンターテインメント性よりも文学性を優先している以上、もっと説明を省いてください」

それなりの身長差があるはずなのに、まるで見下ろされているように錯覚してしまう。

「強いて言えば、文章で良かったのはショーケースに並ぶケーキの描写くらいでしょうか。ここは視覚と嗅覚がメインですね」

俺が提出した短編は、パティシエを目指していた女性の物語。

洋菓子作りを趣味にしている主人公は、会社員になり摩耗していく日々の中で幼少期の夢だったパティシエを思い出す。しかし、会社を辞めて新しい道を歩む勇気が踏み出せない。ある日、家の近くに新しくできたケーキ屋に行くと、そこは小さい頃に主人公の趣味をバカにしていた小学校の同級生が夢を叶えて独立した店だった。気づかれないうちにケーキだけ買って帰る主人公。いざ食べてみると、あまりの才能の差に心を折られる……というストーリー。

「話の方向性は悪くありません。《あおば》はかなり自由度が高い賞です。メッセージ性さえあれば、題材はファンタジーでも恋愛でも日常ものでも入賞しています。ストーリーの骨格は大丈夫かと……偶然の再会というのは、ちょっと安直すぎますが」

「偶然の再会は、安直か」

「偶然の再会は、安直ですね」

だそうだ。

三ツ春の添削は厳しいが、自然に納得してしまう具体的な指摘ばかりだ。

「でも、問題は設定よりも心理描写。報告書のような、警察の取り調べに答えているような……無機質で、整いすぎている。こういう文章が適したジャンルもありますが、感情の機微を描くにはミスマッチです。これでは一次選考のベスト十作は厳しいですね」

実際に「選考」というラインを出される緊張感。

「お気づきのように、短編を書くのは難しいです。執筆時間は短いかもしれませんが本当になにげない余計な一文が命取りになってしまう」

「純文学自体が、難しいからな」

「別にエンターテインメントが簡単なわけでもないですよ。比べることにあまり意味はありません。でも、全ての文章に全霊を注いでいるかどうかが一目で分かってしまうのは、まさに先生が挑戦する純文学の短編かもしれませんね」

「とはいっても……自分で書いてると、三ツ春の言う余計な一文っていうのになかなか気づけないいんだよ」

「そこはある程度、純文学を分かっている人に読んでもらって磨いていかないと——」

言いかけたところで、三ツ春が考え込む仕草をする。

「もしかすると……先生の職業病なのかも」

「職業病？」

「はい。地の文で説明しすぎるのは、先生が現代文を教えているからかもしれません」

教え子の一人が、まさに目の前にいる。

「現代文の入試問題で物語文が素材になっているときって、だいたいは作者が意図的に省略した説明を読み解かせることがほとんどですよね」

高校二年生が入試の現代文を分析して塾講師と対等にディスカッションしている様子は冷静に考えて奇妙だが、小説家となると話は別だ。

俺としても、小説家の目に入試問題がどう映っているのか気になるところ。

「まぁ入試問題はそうだな。基本的に、読解力がある人の中では解釈が一致する。簡単な例だと……例えば『どんよりとした曇り空』に線が引かれていれば、主人公の不安な気持ちを象徴している、みたいな」

「それです、それ」

「えっ？」

「文学作品は、『どんよりとした曇り空』だけでいいんです。なのに先生の文章では、『どんよりとした曇り空が、まるで不安を象徴しているかのようだ』まで書かれてしまっているようなもの……これがわたしの言いたかったことです。ジャンルによってはいいんですが、《あおば》ではあんまり好まれない」

自分の癖に気づかされると同時に、彼女が使った単語の意味するところを理解する。

「そういうことか。職業病って」

「はい。先生はおそらく描きたい本質まで書いてしまっているんです。描写は上手いので、余計にもったいない。本当は読者に委ねるべき部分を、悪い意味で丁寧に書きすぎているのかもしれません。普段から読解を教えているので」

ハッとする。それはあるかもしれない。

加えて、大学までこなしてきたレポートや論文では些細なことも不用意に省略してはいけなかった。自分はこれまでの人生で、説明文ばかり書いてきたというわけだ。

「『書く』という行為に、無意識に『読む』という行為を混ぜてしまっているのかも」

目の前に座る制服の女子高生は、俺の文章に知らないうちに備わっていた特性を数回のやりとりで看破してしまった。

「谷崎潤一郎の『刺青』、芥川龍之介の『羅生門』、中島敦の『山月記』……どれも、実は数千字しかないんですよ。現代で普通に売られている単行本の、二十分の一くらいしかないんですよ」

「俺が毎週書いてるのと、ほぼ変わらない分量なのか」

文学部を出て国語講師をやっている以上、作品名はどれも知っている。いずれも短編小説だが、文字数まで意識したことはなかった。

時の試練を軽々と超えてしまう普遍的な物語を、文豪たちはそんなわずかな文字数で描いていたのか。

「美しい文章には、引き算の美学があります。物語の重厚さは、説明からは生まれない……とわたしは思っていますし、おそらく《あおば》の選考委員も同じ考えです。論理的な日本語が必ずしも文学にプラスでないことは、有名な文豪も指摘しています」

文学作品を授業で扱うのと自分で書くのには、大きな差がある。

省かれた説明を読み解かせるのが現代文の設問だ。これは仕事で慣れているし、読書経験で磨かれる部分もある気がする。

一方で、自分が無用な説明を省くのは相当に難しい。

「じゃあ、どうやって説明すればいいのかというと……」

「描写と比喩、か」

三ツ春は笑顔を見せる。

「はい。分かっているならできるはずですよ、先生」

年上の教師への言葉ではなく、経験の浅い弟子への言葉。

この場では、彼女のほうが先生なのだから。

そう考えてみると、教師も作家も「先生」と呼ぶのはなんだかややこしく感じる。

「状況や心理を説明するなと言っているわけじゃないんです。問題はやり方ですね。エンターテインメント重視なら、読者に読解力を求めるのはストレスになることもありますが……少なくとも《あおば》は違います。ミステリやライトノベルとは別物です。これは優劣とかじゃなくて、なんというか……」

「傾向と対策、だな」

「あ、それです。まさに。さすが塾の先生」

教え子にバカにされていると感じるのは、気のせいではないだろう。

「暗い心理描写がしたければ、まずは暗い情景を暗い比喩で。喜びが描きたければ、明るい五感表現で。台詞(せりふ)や心情は必要最小限でいいんです。というより、文芸短編では台詞はここぞというシーンの切り札くらいに思っておいたほうがいいでしょう。わたしもそれは気をつけています」

「なるほど。言われてみればそうだな」

意識して読んでこなかったが、琴羽作品の文章を思い起こすと、たしかに会話文は少ない。その代わり、全ての言葉が洗練されていて効果的なのだ。

「でも、先生の使った比喩表現はどれも使い古されたものばかりです。それか、またわたしの作品に影響を受けすぎていますね。もっと独自性を出してみてください。きれいで、場面に合っていて、他に類を見ない比喩を見つけてください……琴羽ミツルのことなんて、忘れて」

俺にとっては、それが一番難しい。

手元の真っ赤な原稿を見る。

いざ他人に指摘されると、自分が使っている比喩の安直さに気づかされる。上手くいっている気がしていたものは、たしかに琴羽ミツルの短編に似たものが——

きゅううう〜……

「——っ！」

「……」

「……？」

「……」

お腹をおさえて視線を逸らす三ツ春と、沈黙を破る閉館のアナウンス。

《区立図書館をご利用いただきまして、まことに——》

「とっ、と、いうわけですので。じゃあ来週までの課題を出しますから、今日はここでお開きに――」

ぎゅううう～……

「……」

「……」

今度鳴ったのは、俺の腹だった。

「……先生の作品を読んでいたら、ケーキが食べたくなりました」

「そうか。なら買って帰るといい。それじゃ――」

「ケーキが食べたいなー」

水戸黄門の印籠のように三ツ春が見せつけてきたのは、スマホ。画面にはもちろん、無理やり捏造されたキス写真。

「……どういうつもりだ」

やはりこれは、脅迫で被害届を出したら受理されるんじゃないだろうか。

「先生が読解されているとおりですよ」

冗談だろ？

女子生徒と二人で密会を重ねているだけでもギリギリ……どころか大幅にアウトなのに、まさか。

「いや、だめだ。さすがに無理だ。社会人の仕事にはな、生活が……いや人生がかかってるんだ。バレたら失うものが大きすぎる」

教え子と一緒にケーキを食べているところを誰かに見られようものなら、さすがに言い訳できない。偶然を装うにも限界はある。

「たしかにそうですね。じゃあ、自分へのご褒美をわたしにシェアすると考えてみてはどうでしょう」

「自分へのご褒美って。課題もこんな散々な結果で、どうして――」

「――少なくとも、描写については」

俺を遮る三ツ春の声が、鼓膜を優しく通り抜ける。

きっとどんなパティシエの紡ぐガトーよりも甘い香りが、なけなしのモラルさえチョコレートのように溶かしていく。

「わたしがケーキを食べたくなってしまうくらい、上手だったたってことです」

3

「うーん。せん、兄さんは何にするんですか？」

「……ガトーショコラ・アマンド。ケーキはチョコ系が好きで」

「あ、いいですね。わたしも、チョコとアーモンドの組み合わせ大好きです」

彼女の要望に折れた俺は、同行する代わりに図書館で二つの条件を出した。

一つは、さすがに私服に着替えてから店で待ち合わせること。

もう一つは、人前で絶対に「先生」と呼ばないこと。

その結果、勝手に兄妹という設定にされて今に至っているのだ。

「せっかく来られたんだし、普通のお店にないやつが食べてみたいかも」

彼女が希望したのは、隣の駅からほど近い有名パティスリーだった。

昔からある有名店なので、実際に入ったことはない俺でもよく知っている。

以前は赤い看板が目立っていたが、今は外装とマッチする白い看板に変わっていた。流れるような金色の筆記体で書かれたフランス語の店名が、洗練された味覚を予感させる。

「うぅ、こんなの決められない……あとちょっとだけ待ってて」

リラックスしているのか、少しばかりタメ口が混じっている。

「後ろもいないし、ゆっくりでいいよ」

隣にいる三ツ春――いつもは教え子、たまに先生、そして今だけは妹――が目をきらきらさせて見つめるショーケースの中には、色とりどりのケーキや焼き菓子が賑やかに並んでいる。

「セラヴィ、ラヴェンデル……このメルベイユっていうのもすごく可愛い……」

ケーキの名前がどれもお洒落すぎて戸惑ってしまう。

通称で言うところのショートケーキやモンブランから、見たこともないのに美味しいことだけは分かるオリジナリティ光るものまで……小ぶりながら、どれもが高貴さや優美さをまとって清らかに整列していた。

「色々気になるなら、また来ればいいじゃないか」

「えっ、それって毎週ここ来ていいってことですか？」

「違う。一人で来いってことだよ」

「下線部からは読み取れませんね」

「悪問で悪かったな」

図書館よりも明るく活発な印象を受ける。演技とも思えないので、これが三ツ春の素なのかもしれない。

「決めました。このパルファン・ローズにします」

三ツ春が指差したのは、バラの花びらが添えてある白いハート型のムースだった。「食べられるバラです！」とのポップつきだ。

「分かった。俺が払うから席とっといて」

「えっ、どうしてですか？」

「え？」

相手は高校生。自然な流れでおごろうとしたのだが、予想外の反応が返ってきた。

「なんで先生が払うんですか？　わたしが出します」

「ちょっ、バカ。呼び方呼び方」

レジの店員に聞こえてないかヒヤヒヤする。

「に、兄さん。今日はわたしがおごりますから。ね？」

「お、おい……俺が出すって。男だし」

「性別は関係ありませんから」

「いや、でも年上なんだし、ここはさすがに——」

「……わたしのほうが稼いでると思いますよ？」

トドメの一言。

上手く言い返せないまま背中をやんわりと押され、併設されているイートインスペースに追いやられてしまった。

俺たちは「高校生と社会人」だが、同時に「サイン会を開くほどの小説家としがない塾講師」でもあった。情けないが、事実だ。

空いていた二人がけの丸テーブルに着席して、店内を見渡す。

白を基調として木を取り入れた温かみのあるスタイリッシュな内装が、スイーツの香りとマッチしている。土曜とはいえ遅い夕方なので、騒がしくもなく落ち着いた雰囲気だ。

席数は多くないが、今いる客はカップルばかりだった。

こういう店には、三ツ春よりも一緒に来るべき人がいるはずなのに。

「お待たせしました」

「なんか……申し訳ない」

黒と白。対照的な二つのケーキを載せたトレイを持った三ツ春が席につく。

「ん、どうしたんですか兄さん。ジロジロ見て」

「い、いや。似合ってるなと思って。私服」

「ふふっ……キモ」

……やりづらい。

いつも丁寧語で話す三ツ春のたまにはさむタメ口が、思いのほか響いている。

「でも、ありがとうございます。私服っていうより、もはや変装ですが」

三ツ春の制服以外の姿を見るのはサイン会以来だ。

あの日は品格の漂う清廉な出で立ちだったが、今日は一転してラフなスタイル。

デニム地のショートパンツに白いシャツ、その上にはフード付きの薄いロングカーディガンを羽織っている。髪をアップにしてフードをかぶり、さらには黒縁の伊達メガネまで。

街中ですれ違ってもすぐ三ツ春だと気づける自信がないコーディネートは、こちらの立場も考えてくれているのかもしれない。

「三ツ春もこの店、知ってたのか」

「はい。ずっと狙ってたんですが、いつも混んでて。っていうか、兄さんこそ知ってたんですね。ちょっと意外。彼女さんと来たことあるとか？」

「……ないよ」

「あぁ、分かった。彼女さんと来るつもりだったんですね」

正解を確信しているのか、にんまりする三ツ春。

「ふふっ、ごめんなさい……初めて、奪っちゃったかな」

平気で際どい表現を使う彼女のプライベートを想像しそうになるが、一歩手前で踏みとどまる。キスは初めてと言っていたし、まぁ、そういうことだろう。

というか、文学作品を書いてきた身としてその下ネタっぽい言葉選びはどうなんだ。

「あぁ、可愛い……きれい……食べるのがもったいない……お星さまみたい」

「あの琴羽ミツルも、ケーキ見て『お星さまみたい』とか言うんだな」

「むぅ。性格悪いですよ」

「捏造した写真で脅迫するよりずっとマシだよ」

こうしてみると、普通に休日を過ごす女子高生にしか見えない。並外れた文才を持っているとはいっても、年相応で可愛らしいところもあるのかもしれない。

「む。今、こいつにも年相応なところがあるんだな……とか思いましたよね？」

……前言撤回。

俺の中の高校生は相手の心を読まないし、こんなこと言わない。

「はぁ。普通ですね、人間を観察する目が。スイーツといえば女子、女子といえばスイーツですか。作家の目じゃないですね。先入観にまみれたただの凡人です。凡人。さっきも男だからおごるとか言ってましたけど、そういうのに疑問を投げかけるのも文学の役割の一つなはずです。はぁ、普通ですね。普通。普通すぎます。才能ないです」

突然の毒舌がすぎる。

「……すいませんでした」

「ふふ。ごめんなさい。二割くらいは冗談ですから」

「八割は」

「それじゃ、いただきます」

俺を無視して、三ツ春がそろそろとケーキにフォークを伸ばす。

こちらもチョコレートケーキを――いや、ガトーショコラ・アマンドを――一口食べる。口の中でチョコレートの味が拡がった後に、閉じ込められていたキャラメルとアーモンドのガナッシュが溶け合う。

「これはたしかに……めちゃくちゃ美味いな」

「ボキャブラリー貧弱すぎです。とても小説家志望とは思えない……はぁ、美味し……こんなの食べたことない。バラの香りも……幸せ……」

表情をとろけさせる三ツ春。

「いや、大して変わらないだろ……」

表現に定評のある小説家すら持ち前の語彙力を失う味には間違いなかった。

彼女の嬉しそうな顔を見ると、つい「来て良かった」と思ってしまう。自分は今、社会人として守るべきラインを明らかに踏み越えているのに。

「ところで、サイン会で再会した日に出された問題の答えを、そろそろ教えてほしいんだが」

落ち着いたところで、ちょうどいいので以前からの疑問を投げかけてみる。

「ふぇ？」

フォークを咥（くわ）えながら、なんのことでしょうかと言わんばかりの反応。

「いや、前にさ。俺のことを……小説を書く人、もしくは書きたいと思ってる人だって」

「あ、思い出しました。たしかにそう言いました」

「正解したらプレゼントがどうのこうの」

「それは記憶にありませんね」

「おい」

もっとも、褒美など関係なく純粋に知りたい気持ちがある。どうして、三ツ春が俺の憧れに感づいていたのか。

「で、答えは出たんですか？」

「いや、それがまったく分からん。小説家の勘、とか？」

「ふふっ……仕方ありませんね。でも、勘といえば勘かもしれない」

手で口元を隠し、くすくす笑う三ツ春。

「ちょうど授業で琴羽ミツルを──あろうことかわたし本人の前で──扱った日。夕立の日です。優しいせんせ……いえ兄さんは、わたしに傘を貸そうとしてくれました。あの時の会話、覚えてますか？」

尊敬する小説家の前で本人の作品を解説していたのだ。三ツ春が琴羽ミツルだと判明してからしばらくは穴があったら入りたい気分だった。授業中ずっと居眠りしていてくれたことに感謝すらしたくらいだ。

それは別として、帰りの会話はあまり印象に残っていない。三ツ春がタクシーでセレブ帰宅したことはインパクトが大きかったので覚えているが、特に小説の話はしていない、ような。

「強いて言えば、琴羽ミツルが好きかどうか聞かれたくらいだよな。それも、今思えば作者本人に」

まったく、性格が悪いのはどちらなのだろうか。

「あれはごめんなさい。でも……本当に無意識だったんですね。琴羽ミツルが好きか尋ねたとき、兄さんはこう答えました」

三ツ春が妖しく唇を動かし、あの雨の夜に俺が発した言葉を艶やかになぞる。

――『あんな文章、俺には書けない』

「特殊すぎる返しです。反射的にこんな言葉が出てくるのは、書いてる人か書きたい人」

「……なるほどな。自分でも気づかなかったよ」

目の前の小説家は、いつも人の無意識に音も立てずに入り込んでくる。それがわたしの能力です、とでも言わんばかりに。

「では、プレゼントはなし。代わりにわたしがいただきます」

どういう意味だ、とこちらが聞くよりも早く、銀のフォークが俺のガトーショコラ・アマンドに伸びてきた。きれいに切り崩されたケーキが、あっという間に小さな口に運ばれて消える。

「～～～～チョコも美味しい……絶対にまた来よっと」

図書室での成熟した振る舞いも、あどけなさの残る幸せそうな顔も。正反対なはずの二つの顔が、同じように視線を引きつける。

「……なに見てるんですか。やっぱり、わたしの食べかけが欲しかったんですか？」

「やめろって。自分を商品化するな……そもそもこの歳になると、そういう変な興味は薄れてくるもんなんだよ」

成人男性をからかってくるのは、やはり子どもっぽい。

「今さらですね。キスまでしてるじゃないですか」

「やめろバカ聞かれたらどうする」

一方的にされただけだ。

もし俺がセクハラで通報していたら、彼女の小説家生命はとっくに終わっているはず。もっとも、俺の講師人生も道連れだろうが。

「大丈夫ですよ。周りはカップルばっかりです」

「それなら、最初から兄妹設定は要らないだろ」

「ふふ、恋人設定のほうが良かった？」

「それは……さすがに――」

突然、店内の優雅な空気に似合わない軽快な音楽が鳴り響く。

同時に身体に伝わる、周期の長いバイブレーション。

出どころは俺の上着ポケット。

「あ。本物さんからですか？」

ディスプレイを見る。当然、彩叶からだ。

「出ないんです？」

おそらくオケの練習が終わった連絡だろう。

突然キスをしてくるような人間の前で出たとして、何をしてくるか分かったものではない。通話の途中で話しかけでもしてきたらおしまいだ。

店の外に出て、変な嘘をつかず散歩中とでも言うのが無難か。

そう思い席を立とうとしたところで、着信音が鳴り止んだ。

「あ、また無視した。彼女さん、かわいそう」

まったくそうは思っていなさそうに、ふわふわした笑顔のままフォークを咥えている。

図書館のときもこうだった。彼女と二人で過ごしていると、どうもペースを崩される。

「はぁ。本当にクズですね。ルール破って教え子の女子高生と密会して、キスまでして、一緒にケーキまで食べて……彼女さんからの電話は二度にわたって無視ですか」

ケーキを食べるのと同じくらい楽しそうな表情でこちらを見ながら、周りに聞かれないよう声を抑えて三ツ春が言う。

客観的に聞いてしまうと、かなりのクズであることは間違いない。頭が痛い。

「もう会わないぞ」

「一向に構いませんが、せめて《あおば》に作品を出してからにしてください」

ずっと疑問に思っていた。

過去に会っていたのはいい。小説家になっていたのもいい。サイン会で偶然会ってしまったのもいい。だがそれは、彼女がここまで俺に時間を割いてくれる理由として十分なのだろうか。

俺がもし受賞できても、三ツ春に目に見えるメリットはない。むしろ俺に構う時間を創作や学校生活に活かしたほうが自分のためにはいいはずだ。

そこまで考えて、俺がまだ三ツ春のことを何も知らないことに気づく。

突然の引退。その理由すら。

スイーツを頬張る三ツ春を眺めていると、再び上着のポケットが震える。短いバイブ。着信ではなくメッセージだ。

悟られないよう机の下で画面を見る。そこには、短くたった一言。

《明日、午前からちょっと話せない?》

4

「ごめんね、日曜の朝から」

「いいって。ところで、話って」

「その……ちょっと聞きたいことあるんだけどいい？」

「大丈夫だけど、どうかした？」

「昨日……ううん。だけじゃない。最近さ、土曜日は何してるの？」

「何って、授業の準備とか……読書、とか」

「うん。それはそう……だと思ってるけど」

「なんか、ごめん。彩叶は授業があって、午後は部活の練習がんばってるのに」

「私のことはいいの。仕事は、私が望んでやってることだし。そうじゃなくて、なんかちょっと、気になっちゃって」

「……電話に出られなかったのは、言ったようにサイレントモード切り忘れてて――」

「それも分かってる。分かってるけど……先月にもあったよね。それに、なんか前より誘ってくれなくなったなって」

「いやそんなことはない……つもり、だよ」

「そんなこと、あるよ」

　俺の部屋。

　二人がけのソファに腰掛ける彩叶は、白いブラウスにベージュのチノパンが似合っている。休日でも上品な彩叶の私服を見るのは、少し久しぶりだ。

　俺はその前で、まるで教員室に呼ばれた生徒のように立っていた。

「あ、別に浮気とか疑ってるわけじゃないよ？　正道くんは、そんなことする人じゃないって思ってるし」

そうは言いながらも、まるで家宅捜索でもするように俺の部屋を見回す彩叶。

「でも、なんていうかな。何かに巻き込まれてたりしない？　大丈夫？」

慎重に、優しい言葉を選んでくれたと思う。しかしながら、心配よりも疑念のほうが大きいような声色だ。

「そういうわけじゃない。心配は要らない、けど……」

「……けど？」

変に隠していても仕方がない。

絶対に話せないことと、少し話しにくいこと。

彩叶に言っていないことは二つだけ、選べるのは一つだけ。

「隠すようなことじゃないから言うけど……小説を、書いてるんだ。実は」

「……それが、土曜日が忙しい理由？」

「忙しいとまでは、いかないけど」

「ここで書いてる……わけじゃないのかな？」

「図書館に行くことが多いから、スマホをサイレントにしてて」

「図書館って、大学の？」

「区立図書館のほう」

変にごまかすよりも、正直に話す。それに、部活がある彩叶が実際に区立図書館まで来ることはないはずだ。

「そうなんだ」

きれいな顔の表情一つ変えない彩叶。まるで予想していたかのよう。

隙間の静寂を埋める、早めに出した扇風機が首を振る音。

カーテンのレースをすり抜ける日差しには、もう春の柔らかさは残っていない。

気まずい沈黙に耐えられず、重ねる言葉を探していた。しかし適切な台詞が見つかる前に彩叶が口を開いた。

「それで?」

「それで、って……」

「ごめん。別に、怒ってなんかないよ。恋人が小説書いてたくらいで怒ったりしたら、それこそ器の小さい人だし。でも、どっちかっていうと急に始めた説明が欲しいかも」

こういうところも、理知的な彼女らしい。

「だって、前に小説家は諦めたって言ってたよね。それでちゃんと就職することにしたって。だから、きっかけでもあったのかな?」

そう。彩叶が付き合うと決めたのは小説家を諦めた俺なのだ。

「いや……特にこれっていうのはないよ。ただ、授業で教えてるうちにやっぱり自分でも書いてみたくなったんだ」

嘘はついていない。限りなく黒に近いグレーだけれども。

「正道くんは、小説を書いてどうなりたいの？」

——『先生は、どうなりたいですか？』

「いちおう、新人賞に出してみようと思ってる……短編だけど」

「そうなんだ……いいね。うん。いいと思う」

彩叶は、まるで自分に言い聞かせるように肯定の言葉を反復する。

「締め切りとかはあるの？」

「七月末だよ」

「そうなんだ」

「まずは、出してみるだけだから。一次選考だって十作しか通らないんだ。それに、短編で賞をとってもすぐ本が出たりするわけじゃない。何も変わらないよ」

「……正道くんは、文芸サークル入ってたよね。文学部で」

「あ、あぁ。弱小ではあったけど」

「その間さ、何作くらい発表したことあるの？」

声を荒らげているわけでもなければ、詰問する口調でもない。それなのに、いつもと同じ淀みなく澄んだ調子が俺を追い込む。

「……正直に言うと、公募に出したことはない」

思えば、口にするのも恥ずかしい。

「うん」

「だから、分かってたさ。自分には書く側の才能、ないんだって。すごい小説とか読んでも、才能ある人に任せようって。きっぱり諦めたつもりだった」

「いいじゃない。それで。きっと正しいし、賢明な判断だよ」

彩叶が本棚に並ぶ琴羽ミツル作品に目をやったかと思うと、すぐにこちらに向き直る。

「……ごめん。でも、それって仕方ないことじゃない？　小説家なんて、なりたくて誰でもなれるものじゃないんだから。むしろ、現実的な判断ができるほうが大人だと思うけど」

「そう、だな」

「あ。別に書くのやめてって言ってるわけじゃないの。正道くんの休日の過ごし方にまで口出しなんかしないよ」

彩叶の言うことはいつも正論だ。

全否定したくなるほど、俺は子どもじゃない。

「でも、大学を出たらもう……夢よりも、前を見るべきじゃないかな」

それなのに、子どもを諭すように優しい口調で彩叶は続ける。

「誰だってそんなものだと思うよ。ほら、プロ野球選手になりたかったとか、ミュージシャンになりたかったとか、芸能人になりたかったとかさ」

「……パティシエに、なりたかったとか？」

その言葉を口にした瞬間、彩叶のきれいな両目が俺に警告する。

「いや、ごめん。悪かった」

いつの間にか自分が攻撃的になっていたことに気づかされ、反射的に謝罪する。

「……うん。そういうのも……あるかもね」

今のはあんまりだった。

目の前の恋人は、俺を心配してくれているのに。

「私のほうも、なんかお説教みたいな言い方してごめんね。私、正道くんを否定したいわけじゃないから。アルバイトじゃなくてちゃんとお仕事してるわけだし。趣味でちょっと小説書くくらい、いいと思う。ただ、もっと早く話してくれれば良かったのに」

「……ありがとう、彩叶」

三ツ春のことはさておき、小説のことを隠す必要は初めからなかったじゃないか。

まずは定職に就いた。もう一回、そこから小説家を目指したって――

「だって……本気で今から小説家になろうってわけじゃ、ないんだしさ」

――？

そう、だったっけ。

胸に、鈍い音をたてて小さなヒビが入ったような違和感。

目の前の恋人はいつもの柔らかい表情に戻っている。

三ツ春と悪魔の契約を交わした日を思い出す。

提示された二つの選択肢と、自分が選んだ道。

俺は、小説家を目指しているのではなかったのか。

「よし。じゃあ、この話はこれでおしまいね」

彩叶はソファから立ち上がった。

「せっかくの日曜日なのに、なんかごめんね。今日はもう帰るけど……明日から、またよろしくね」

最後にそう言って、彼女は俺の部屋を後にした。

一人になり、再び部屋を静けさが包み込む。少し遅れて感じる、初夏の蒸し暑さ。

恋人の言葉が、まだ狭いワンルームに反響している気がした。

5

「……何かあったんですか？」

「いや、特には……何もないよ」

「嘘が下手ですね」

小さく首を横に振ると、三ツ春が組んでいた脚を崩す。

暑さを感じさせない夏の制服姿。いつもどおり、土曜日の午前授業から直接来たのだ。自分はなんの用もない図書館に。俺のために。俺だけのために。

「……すまない」

常に尊大な図書館三階の女王が、俺に目線の高さをそろえる。その表情は真剣で、いつもの不敵な笑みは消えていた。

「謝る必要はありません。先生も分かっているでしょう。わたしが、ただ先生が書いてきたものを貶したいわけじゃないことくらい」

……「書いてきたもの」。

もはや「小説」とも「作品」とも呼ばれない数枚のＡ４用紙には、いつもなら大量にある赤ペンの添削が一切入っていなかった。これで、二週連続のことだった。

「一回だけなら見逃しました。でも、さすがに変です……たぶん、素人でも分かると思います。まるで、別の人が書いたみたい」

三ツ春の柔らかな声は、今までに聞いたことのない形をしていた。

「比喩もストレートすぎて陳腐……これなら、まだわたしの作品の影響を受けていたほうがマシです。先生が得意なはずの描写面も、見たままをなぞった写実的なだけの文章になってしまった。これでは絵画コンテストに写真を出しているようなもの。おまけに人物の口調は不安定で視点もブレていて、読む側にストレスが強い。肝心のストーリーは……もはやコメントしたくありません」

表面上の言葉だけならいつもの辛辣なコメントと似たようなものだが、呆れているわけでも見下しているわけでもないことが声色から伝わる。もっと言えば、今は俺を指導しているわけでもない。

自意識過剰かもしれないが、そこにあるのは彼女なりの——

「心配、です」

「……悪いな」

「ですから、謝らなくていいんです。書けないことは罪ではないんですから。ただ、何かがないとここまでにはならないはず……何かに、巻き込まれていないと」

よりにもよって、彩叶と同じ言葉選びとは。

彩叶の心配と三ツ春の心配。その狭間にあって、俺の思考——作家になったわけでもないのにこの表現が許されるのであれば、筆——は完全に躍動感を失っていた。

仕事と関係のない文章を創造するたびにこだまする、二つの声。

──『そして……先生は小説家になる』

──『本気で今から小説家になろうってわけじゃ、ないんだしさ』

パソコンでソフトを開いても、動かないカーソルと向き合う時間が増えていた。ようやく難なく書けるようになったと思っていた数千文字が、果てしなく長く感じられた。

「三ツ春、俺は……小説家になる、んだろうか」

なんて愚かな問いなんだろう。

そんなことくらい、自分で決めなきゃいけないのに。

いい歳して、自分の進む方向さえ示してもらわなければ歩けないのか。

だが罵倒を待っていた俺にかけられたのは、柔らかい悪魔の羽衣。

「はい。先生は小説家になります。なれるんじゃない。なるんです」

どこから湧いてくるのか分からない確信に満ちた三ツ春の輝く双眸が、うなだれる俺を映す。薄い茶色の虹彩に捕らえられた俺は、もう逃げられない。

「俺……文学部で、文芸サークルで。それなのに、新人賞なんて応募したこともなくて。そんな俺で、本当にいいのか。今からでも。とてもじゃないが小説家なんて」

絞り出した声に返ってきたのは、耳慣れた甘くくすぐったい笑い声。

「ふふっ……てっきり、もう会うのをやめようとか、やっぱり小説を書くのはやめたいとか……そういう言葉が出てくるかと思ってたくらいです。少しだけ安心しました。意外と図太いですね、先生は」

表情を緩める三ツ春。

「社会人で小説家になる人だって、たくさんいます。性別も、学歴も、職業も、人種も、新人賞には関係ない……わたしが何歳で受賞したのかくらい、ご存じでしょう？」

「でも、だからこそだ。時間のある大学生で、しかも文学部っていう恵まれた環境にいたのに一作も公募に出さなかったからこそ……才能、ないんじゃないのか」

「さすが国語の先生。論理的ですね」

三ツ春は、すっかりいつもの調子に戻っていた。

「憧れを捨てきれないまま教え子の女子高生に小説の手ほどきを受けてる時点で、十分すぎるほど才能ありますよ。普通はできない選択です」

誰も来ない、図書館の片隅で。

立てば自分の肩ほどしかない小柄な制服姿に、俺は救われていた。

「よろしければ教えてください。何があったのか。話を聞けば、見えてくるかも」

とはいえ、どこから話せばいいか。

そもそも彩叶には小説を書くこと自体は反対されていない。

頭の中を整理して自分の停滞を言語化するためにも、順番に説明してみる。

「まず、知ってのとおり俺には恋人が――」

話しはじめた矢先、重大なことに気づく。

一ヵ月以上も会っておきながら、どうして今まで思い至らなかったのだろうか。

つい、忘れていた。

三ツ春が憧れの小説家である前に、普通に学校に通う女子高生だということを。

開央大付属の生徒だということを。

「どうかしましたか?」

「三ツ春。天崎……天崎彩叶っていう若い英語の先生は、知ってるか?」

疑問符を浮かべるのも束の間、両目が大きく見開かれる。

「知ってるも何も――」

返ってきたのは、予想を超えた一言。

「天崎先生は、わたしの……二年二組のクラス担任です」

三ツ春のことは何も知らないのに、俺はなんでも話せてしまう。

憧れの作家だからだろうか。自分でもよく分からない。

彩叶とは創進アカデミーのアルバイトで出会ったこと、三月から交際していること……

そして、二週間前の日曜日に家に来たこと。

椅子に腰掛けたまま三ツ春はただ耳を傾けてくれた。初めは時折小さく頷くだけだったが、次第に彼女の表情は曇っていった。ひととおり話し終えたときには、逆にこちらが心配になるほど何か思案する顔になっていた。

だが俺のほうは情けないことにかける言葉を見つけられず、図書館三階を覆った長い沈黙を破ったのは三ツ春自身だった。

「わたし、先生の後輩だったんですね」

いつもは直接的な物言いばかりする彼女が、わざと核心を避けていた。

「本当にすまない。隠してたとかじゃないんだ。本当に、考えが及ばなかった」

彩叶が高校二年のクラス担任になったということは、三ツ春の担任の可能性もあったということ。

小説指南が始まったころには夏服になってしまったせいか、彼女が開央大付属の後輩ということすら失念しかけていた。

「いえ。でも……一つは、純粋に世界の狭さに驚いています」

「そりゃまぁ、な。俺だって驚いてる」

もっと早く気づいていたら？

自分の教え子であるだけでなく、恋人の教え子。

いくら憧れていていても、そんな女子生徒と密会などしただろうか。

「一つはって、どういうことだ？」

「それは……ちょっと、言葉を選ばせてください」

自分が生徒に……未成年に負担をかけてしまっていることに気づく。

「あの、さ。三ツ春にここまで導いてもらったのは本当に感謝してる」

あってはならない事実が判明した以上は、潮時ということなのかもしれない。

これ以上この関係を続けてしまっては、本当に取り返しがつかないことになる。もう自分ひとりの人生じゃないのだ。

「小説家は諦めたとか言ってた俺が、脅されたとはいえ小説を書くようにはなってさ」

先生と生徒。

もともとルール違反が前提の関係だったのだ。いつかは必ず綻びが生まれる。

「まだまだ三ツ春には全然かなわないけど、それでも少しずつ前に進んでるって感じはするんだ。それに、目標だってもらった」

一ヵ月という短い時間だったが、確かな成長の実感を得られた。ここから先は、三ツ春がいなくても《あおば》まで駆け抜けてみせる。

「だからこれ以上はもう――」

「逆ですよ」

「え？」

「だから、逆です」

「逆って、どういう……」

「この関係をやめて、先生には元の日常を歩んでいただく……万が一の事態が起きたときは、それも考えてました」

だから、今こそがその万が一の事態じゃないのか？

そんな俺の考えを、浅はかと言わんばかりに三ツ春は嘲笑う。

「でも、その可能性は完全に潰えました。先生は小説家になる。それしかない」

表情を変えた三ツ春がたたみかける。

真剣なのにどこか楽しそうで、まるで物語の世界を支配する魔王が現実世界の侵略を企んでいるかのようだった。

「だいたい分かりましたし、わたしなりに納得しました……ふふ。前言撤回、しなきゃな……あ、なんのことか分からなくて結構です。とにかく、先生はもう悩んでちゃだめ。悩む必要がない。悩んでる時間があったら、少しでもわたしと《あおば》に向けてレッスンです。いいですね？」

「お、おう」

彼女の勢いに、自然と前向きな返事をさせられる。

いったい何が彼女のスイッチを入れてしまったのだろうか。

「それに……ちょうど先生に向いているテーマも思いつきましたから。それに照準を合わせてレッスンしていきましょう」

「向いているテーマ？　もしかして、それって《あおば》に出すやつの――」

――！

ふいに、低い振動音がポケットから鳴り響く。

恋人からの電話だった。

「へぇ……すごいタイミング」

三ツ春の呟き(つぶや)には、なぜか喜びすら混じっていそうだった。

彩叶からの着信に、二週間前のやりとりが嫌でも呼び起こされる。

さすがに、出ないと。

椅子から立ち上がり離れようとした俺を、引き止める声。

「待って。ここで出てよ」

どうしてこの状況でニヤニヤ笑っていられるんだ。

これまで恋人からの電話を茶化してきたのとは、まったく違う反応。

「出てください」

と、三ツ春が向かいの椅子からおもむろに立ち上がる。

音を立てずに数歩歩き、座ったままの俺の背後に移動する。

「早く」

後ろから急かされるまま、俺はスマホに応答する。

「……もしもし」

『あ。今日は出てくれた。もしもし、正道くん』

彩叶のよく通る声が、電波に乗って静けさの中に漏れる。

三ツ春には全ての会話が聞こえている。

『今、大丈夫だった？』

「あぁ。大丈──」

その時。

感じたことのない柔らかい重みが、大きな蛇のように背後から伸びてきて、両肩から首に巻きついた。それは三ツ春の両腕だった。

羽のようにくすぐったい髪の毛の感触が頬をかすり、禁じられた果実の甘い香りが華やぐ。そっと背中に押し当てられた温もりは、次第に熱へと変わりゆく。

夏の暑さすら、忘れるほどに。

『あれ、もしもし。正道くん、聞こえてる？』

スマホと反対の肩に小さな顎を乗せた三ツ春が、耳元で口角を上げる。

あすなろ抱きなんて言葉、女子高生は知らないよな。今どきはバックハグか──

本来なら抵抗するために使うべき力をサタンの抱擁に奪われ、囚われた脳はそんな下らないことだけを考える。

「あ、あぁ。ちょっと、電波が」

『今、区立図書館にいるの？』

今にも頬が触れそうな三ツ春を見やる。

彼女はこくんと首を縦に振った。

俺は、悪魔の傀儡。

「あぁ。いるよ。オケの練習、終わったんだ」

『良かった……うん。実は、とっくに』

良かった？

『ところで正道くん。私、今どこにいると思う？』

「もしかしてもう家か。だったら、時間あるしどこか出かけようか。こっちも切り上げて迎えに行くよ」

聞き耳を立てる三ツ春の静かな吐息が、耳たぶを撫でる。

『残念でした……正道くん、何階にいるの？』

「え？」

『区立図書館だよね。何階にいるの？』

――！

『もう入り口まで来ちゃった』

じんわりと背中が熱くなる。

『何階に行けばいい？』

俺を背中から抱きしめる悪魔は、依然として笑みを浮かべたまま指を二本立てる。

「……二階で会おうか」

『了解。それじゃ、一分後にね』

ほんの一分程度の通話時間が、何時間にも感じられた。

「三ツ春、なんてことを――」

刹那。

数センチしかなかった三ツ春との距離が、ゼロになる。

「っ……んっ……、んんぅ……ん、んっ……っ」

白い喉から、俺なんかに聴かせるべきでない声を出す三ツ春。

きれいな薄桃色の唇がさざ波のように柔らかく形を変えながら、何度も何度も打ち寄せては俺のモラルを啄もうとする。

温かいリップが奏でるのは、図書館に存在してはいけない水音。

顔を背けようとしても、忙しない息継ぎの中でただ「だめ」とだけ囁かれ、小さな手によって優しく、しかし断固として制された。

「んっ……っ、ぅ……んんっ……っ」

甘い香りで金縛りにされたまま、湿った蛇の舌がしきりにこちらの唇を割り開こうとしてくるのに抗おうと必死だった。現実感は早々に奪われ、教え子の明らかな非行を咎めることは叶わなかった。

「っ……これからは、琴音って呼んでください」

やがて時間間隔までも失いかけた頃、俺は解放された。

「あ、これはレッスンの一つですので。キス写真がどうなっても知りませんよ？」

レッスンという言葉が、麻酔のかけられた精神に拡がっていく。

「こと、ね……」

彼女に乗せられるがまま初めて口にした「ことね」という音のつながり。それはどこか蠱惑的で、コントロールできない危険な呪文のようだった。

「……図書館はもう使えませんね。また改めて、来週の先生の授業の後にでもお声掛けします。ちょっと、期末テストもがんばらないといけなくなりましたし」

何事もなかったかのように冷静な琴音。

こんなことをしておいて、期末テスト？

中間テストのときはどうでもいいとか言っていたじゃないか。

「さぁ、先生。愛しの天崎先生が待ってますよ。早く行かないと」

声を失う俺に階段の方を指し示し、彼女は告げる。

「次からは場所を変えますね」

俺には分からない何かが、彼女を燃やしていた。

「そろそろ先生をご案内します——現実が、追って来られない場所に」

第四章　二人だけの部屋

1

「《あおば》の締め切りまであと二週間を切りました」

「……」

「ですから、集中できる環境を整えないといけません」

「それは、そうかもしれないが」

「先生は来週から夏休みということなので、それは追い風です。応募締め切り前に死ぬ気で書ききれるというのは大きい」

「まぁ、そうだが……しかし」

「もちろん推敲の時間も必要ですが、短編というのは一瞬の情景を鋭く切り取るのが重要なので……って、先生。聞いてますか？」

「……三ツ春」

「……」

「こ、琴音（ことね）」

「はい」

「集中できるわけないだろ……こんな、場所で」

「それは先生側の都合です。手段を選んでる余裕は、もうありませんから」

「だからといって、なんで……ここなんだよ」

「それは今言ったじゃないですか。ここが、執筆に専念できる環境だからです」

「……何を言っても無駄みたいだな」

「少し狭いですが……こんな集中できる場所、他にはありませんよ？」

ハード面ではそうだろう。

完全に執筆のためだけの空間だ。集中できないわけがない。

「——ここが、琴音の部屋でなければな」

今日は、開央（かいおう）大付属の期末テスト最終日の土曜日。

事前に「今までどおり図書館に来てください」と言われていた俺を入り口で待っていたのは、ケーキを食べた日と同じ変装モードの琴音と、彼女が呼んだであろう一台のタクシーだった。

俺はそのまま強引にタクシーに乗せられて——抵抗するほうが不審なので従うしかなか

ったのだが――このアパートの一室に連れてこられたのだ。

低層二階建てで外階段がついた、昔ながらの典型的な造りのアパート。琴音の部屋は二階の角だった。イメージより内装はきれいではあったが、女子高生が一人暮らしているとなるとやや不安を覚える。

俺の家からも近く、タクシーの料金はワンメーター分だった。歩いていけるのになぜタクシーを使ったのか聞くと、彼女はこう言った。

「正直に行き先を話したところで、真面目な先生は来てくれないと思って」


――と、いうことで。

今まさに俺は女子生徒の家と思われるスペースにいる。

ノートパソコンの置かれた広い木の机。

部屋の壁一面を覆う俺の身長より高い本棚には、古今東西の有名文学から最近の国内ベストセラー、さらには歴史、神話からファッションや建築にまで及ぶ資料が並んでいた。

窓際にはシングルサイズのベッドが置かれていて、琴音が腰を下ろしている。その横には、埃(ほこり)をかぶった小さなテレビ。コンセントは繋(つな)がれていない。

「ここで暮らしてるのか？　一人で？」

「ふふ。女子高生のプライベートが気になる感じですか？」

「心配してるんだよ」

「あ、ベッドの匂いとか嗅がないでくださいよ？」

「だから、そういうことは……あんまり言うもんじゃないって」

頭の中で先日の図書館の記憶が邪魔をし、説教の言葉も力を失う。

大人として非行をたしなめ、二度とあのようなことはしないように指導し、絶縁する……それができない時点で、とっくに共犯だ。

何より、目的も不明だった。

一回目のキスは弱みを握るためだとしても、二回目は？

俺への恋心からとは、到底思えない。

どこか危うい積極性は、もっと別の意思が彼女にさせた行動のように思えた。

「家は、さすがに図書館とは比べ物にならない。言い訳不可能だ」

「では、考え方を変えましょう。先生は教え子の家に来ているのではなく、師匠である小説家の書斎に招かれたのだと」

彼女の言葉どおり、ここは家というよりまるで書斎のようだった。

ベッドこそあるが、他にはあまり生活感がない。

ハンガーに制服がかけられているわけでも、学校の教科書が置いてあるわけでもない。

キッチンは、とても頻繁に使われているようには見えなかった。

「そもそも親御さん……か、保護者の方は？」

いくら安いアパートでも未成年が一人で契約をしているとは思えない。それに、塾の契約だって保護者が基本のはず。

「ここでは、わたしが先生の保護者ですよ？」

こうなった琴音には、何を言っても無駄だ。

「……じゃあ、早く今後のことを話し合おう。色々と急がないと」

「図書館で申し上げたように、わたしの中では先生に合ったテーマは決まっています。たぶん、先生も書きやすいと思います……ふふっ」

「早く教えてくれ。あと二週間。推敲もあるんだ。そろそろ書きはじめないと」

琴音のテスト期間中、俺なりに文学作品を読んだり今までに添削された内容を復習したりはしていた。だが、もう時間は多く残されていない。二週間すら、賞に出すなら短い。

「焦る必要はありません。それに、まだわたしのレッスンは終わっていませんから」

「レッスンって、今までみたいに言われたテーマで書けばいいのか？」

「いいえ、もう《あおば》の応募作以外は書かなくていいです」

彼女はいたずらを計画する子どものような笑みを浮かべて言った。

「先生が次に書く作品は、《文芸あおば新人賞》に提出する短編です。それは来週から書いてもらいます。それまで、何も書かなくて大丈夫」

つまり、彼女はもう課題を出さないということ。これ以上は添削しないということ。

「悠長すぎないか？　それで間に合うのか？　それならレッスンって何をするんだ？」

「ふふっ。焦らない焦らない。書いて直されるだけがレッスンの全てではありませんよ」

琴音は妖しく微笑(ほほえ)んだまま続けた。

「先生とこの関係を結んだ日、わたしは言いましたね。先生に必要なのは琴羽(ことはね)ミツルへの憧れではないと。憧れが才能の邪魔をしていると」

「……あぁ」

琴音とは八年ぶりの――琴羽ミツルとは初めての――図書館で言われたことだ。

だがあれ以来、必要なものの答えを俺は聞いていなかった。

「先生。今夜、愛(いと)しの天崎(あまさき)先生と会いますか？」

「ちょっと待て。それがなんの関係が――」

「関係あります。教えてください。天崎先生とデート？」

「……会うけど、デートじゃない。飲み会だよ。筋野(すじの)先生と三人だ。ほら、数学の。筋肉の。有名じゃないかな」

一学期も終わりということで、ちょうど今夜は筋野さんがちょっとした納涼会を企画してくれていた。

「あぁ。あの筋肉すごい先生ですか。先生と天崎先生をつないでくれたキューピッドなんでしたっけ。でもどうせ、天崎先生と待ち合わせてお二人で向かうんでしょう？」

笑みを浮かべた琴音がベッドから立ち上がる。

「……そうだよ」

時刻は五時近く。五時半に駅前で待ち合わせているので、ゆっくりはしていられない。

「先生は、そんな愛しい彼女さんとの待ち合わせ前に女子生徒の家に上がっていると」

「……そろそろ出なきゃいけないんだ。早く本題に入ろう」

「この間、興奮しましたか？」

「――は？」

「期末前ですよ。わたしの前で天崎先生と電話して。わたしとキスしてから会いに行って

……興奮しました？」

「さすがに、小説となんの関係もないだろ」

「大ありです。教えて」

「……興奮なんて、するわけ……ない」

「じゃあ、どういう気持ちになりましたか？」

「別に、どういう気持ちにも……ただ、ひたすら彼女に申し訳なくて」

「それなら、わたしと縁を切ればいいのに。ふふ、やっぱり先生には才能がありますね」

ゆっくりと琴音がこちらに近づいてくる。

道徳を金縛りにする微笑みが帯びるのは、与える楽しみでなく奪う愉しみ。

「教え子とキスしたその唇で、恋人に愛を囁いたんですよね？　キスもしたんですよね？　きっと、その先だって……」

「もうやめろ。いったい何が言いたいんだ。それに、俺たちはまだ……」

「へぇ。まだ最後までしてないんだ。じゃあ、わたしと大して変わりませんね」

突然、唇を奪われる。

「っ……んっ……ぅ……んん、っ……」

視線一つで俺を椅子に縛り付けたまま、きれいに腰を曲げてキスをする琴音。

成人男性が聞くことの許されない切ない声、知ることの許されない瑞々しい熱。

「……んっ……ん、ぅ……っ、ん……」

そっと当たっては離される口づけの、水気を帯びた艶やかな色。

餌を求める小鳥のような動きが数回繰り返される。

「琴音……どうして、こんな……いい加減に、俺には――」

「ふふ。ちゃんと理由はありますから。分かるまで、レッスンですね……ん、っ……」

そう言って、もう一度軽く口づけされた。

「憧れは、動機になっても武器じゃない。武器になるのは、呪いですから」

憧れではなく、呪い。

俺に必要なものは、呪い……。

「来週の終業式が終わってから……ちょうど先生も夏休みでしたよね。応募までのラスト一週間は、毎日この部屋で執筆してもらいます」

現実に帰ろうと、動かない脳を必死に回転させる。

「いや……そんなこと、できない。第一、彩叶にバレたら――」

「ふふ。先生ってば、恋人の予定をお忘れですか？」

身体の最奥まで麻痺して立てない俺を見下ろすように、琴音は言った。

「天崎先生は、来週から部活の合宿でしょ？」

2

少し遅れて筋野さんが店に到着したとき、思ってしまった。

助かった、と。

「ようようご両人。遅れてすまんな……おう、天崎。久しぶり」

「筋野先生、お久しぶりです。今日はお誘いいただいてありがとうございます」

ガラガラと引き戸を開けて個室に入ってきた筋野さんに、彩叶が席を立ち挨拶する。

「いやいや。学校の先生より忙しい塾講師なんていないさ」

新宿東口。

サイン会のあった本屋からほど近いビルの和食ダイニングに、俺たちは集まっていた。道を歩いていても、電車に座っていても、店に入っても。

最寄り駅で合流してから、ずっとまともに恋人の顔を見られなかった。飲み会を楽しみにしているように振る舞うので精一杯だった。

美しく、賢く、真面目で、仕事もできる。彩叶は女性として、いや人間として完璧だと思う。俺なんかにはもったいない。

なのに俺がしているのは、彼女が与えてくれるあらゆるものを裏切る行為で。

「筋野先生、お店の予約ありがとうございました」

「いいってことよ。それより、天崎が無事に来られて良かったぞ。六時に集合じゃ早いかと思ったが。期末の採点とかあるだろ?」

「さすがに土曜の夜は大丈夫ですよ。それに、今のところ採点も集計も順調ですから」

「いやはや。天崎は相変わらず完璧な仕事ぶりだな。いきなり高二の担任と聞いたが」

「ええ。でも大学受験がないのはやりやすいですよ。むしろ部活のほうがてんてこまいで……やりがいはありますけど、終業式の翌日からいきなり夏合宿です。帰ったらすぐに、出席日数や成績が悪い生徒の補習もあったりして。英語の補習がゼロだといいんですが」

「そういえば八月頭にやってたっけな。補習」

とはいえ基準は緩く、少し成績が低いくらいでは引っかからない。普通の学校生活を送っていればそうそう縁はない。

「ほほう。そりゃ忙しい。しかし充実してるな。俺たちはそういうのがない受験屋だからなぁ、佐野(さの)？」

「はは……まぁそうですね。本当に、彩叶はすごいと思います」

「ちょっと、正道(まさみち)くん」

「だっはっは。いいじゃないか。順調に続いてるようで何よりだ」

「筋野さん。私たち、まだ半年も経(た)ってないんですから」

引き戸が開き、店員が三人分の飲み物を運んでくる。

「よし。それじゃあ……ちょっと早いが、一学期お疲れさん。乾杯っ！」

俺と筋野さんは普通の、彩叶はノンアルコールのビールで乾杯する。

オフの日に集まっているとはいえ、なんだかんだ似た職種の三人。仕事が嫌いなわけではないので、結局しばらくは授業の話が続いた。

筋野さんは数学、彩叶は英語、俺は国語というように専門が分かれており、妙な意見の対立なども生まれない。

食事メニューもだいたい食べきったあたりで、ふいに筋野さんが俺に話を振った。

「ところで、小説のほうはどうなんだ佐野。プロへの第一歩は」

「……え？」

彩叶が疑問符を投げかける。

「締め切り、今月末だよな？」

「は、はい。七月三十一日……ですけど」

「そろそろ出すやつに取り掛かったりしてるのか？」

「え、えぇ。まぁ……ぼちぼち」

「どうした。歯切れが悪いな。構想が浮かばないとか？」

「いえ、そういうわけでは……」

筋野さん持ち前の鋭さは、ひょっとするとアルコールに弱いのかもしれない。

「大丈夫だ。お前ならやれるさ。本当に作家デビューして、そっちが本業になっちまったりしてな！」

この人は酒を飲むと、ひたすら上機嫌になるタイプ。本気で俺のことを応援してくれているこことの裏返しであり、本来なら喜ぶべきところ。

「あ、ありがとうございます」

礼を言いながらお冷をすすめる。

「天崎も応援してるのか？」

「はい。もちろんです」

「だはは。俺も最初に聞いたときは驚いたけどな……おい、デザートでも頼むか」

甘いもの好きの筋野さんがデザートメニューを取る。

「私は大丈夫です」

「ちょっとトイレ行ってきますんで、俺はチョコレートアイスでお願いします」

「おう。じゃあ俺はわらび餅と……」

「ちょっと、先輩に注文を頼むなんて」

思ったよりも肯定的な流れになってホッとしたところで、俺は席を立った。

個室を出ると、店内の座席はほぼ満席だった。飲み会とは不思議なもので、離席すると騒がしさの中でかえって冷静になる自分がいる。

彩叶は正しいし、ちゃんと応援してくれているじゃないか。

いい歳した恋人が小説を書いていたら、誰だって戸惑うに決まっている。ちゃんとまめに連絡しなかった俺が悪いのだ。

むしろ社会人としてルールを逸脱しているのは自分のほうで、このまま琴音との関係がバレでもしたらそれこそクビは確実。そうなれば、彩叶や筋野さん、持っている生徒、それに両親まで悲しませることになる。

「やっぱり……ヤバいよな、家は」

そうだ。いくら新人賞まで時間がないとはいっても、女子高生の家に通う必要はない。なんとなく図書館で空間を共有するだけなら、まだ言い逃れできる。

「言ってみるか……図書館で会うだけにしようって」

頭の中を、サイン会で撮影されたキスの捏造写真がよぎる。琴音には申し訳ないが、俺は大人としてリスクを負いすぎている。これ以上は、無理できない。

——俺は、小説家である前に社会人なんだ。

個室に戻り引き戸に手をかけた瞬間、ふいに中から筋野さんと彩叶の会話が漏れ聞こえてきた。

「なんだ。天崎は乗り気じゃないのか」

「乗り気も何も……私には関係ないことですから。恋人の趣味について、特に良いも悪いもないですよ。でも……さっき、プロにって」

引き戸にかけた手が凍りつく。

「天崎も知っているだろう。あいつは小説家を目指していた。いや、目指している」

「小説家になるために文学部にしたことも聞きました。でも、きれいに区切りをつけて社会人になってくれたと思ってました」

「社会に出た上で夢を追いかけるというのであれば、否定することはあるまい？」

「別に、否定なんてしてません。副業で小説を書いてる人が多いことだって知ってます。でも、そんな簡単にいくわけない。夢を見るのもいいですが、時間をかけすぎて単なる趣味を超えるのは……ちょっと考えてしまいます」

「時間をかけるのは、それほど真剣ということじゃないか」

「筋野先生だって、今さら彼が小説家になれるって本気で思ってるわけじゃありませんよね。なれる人だったら、もうなってます」

「いや、俺は本気だよ。天崎。現に、具体的な目標だってあるじゃないか」

「目標なんて、言うだけならいくらでも作れます。でも、現実問題として一次選考通過すら可能性は低いですよね。とても。それに、プロになったらなったでどうするんですか。仕事も小説も中途半端になりそうだし……何より、不安定すぎます。小説家なんて、ほとんどそれだけじゃ暮らせない。それなら仕事に全力で取り組んだほうがいいです」

「可能性が低いのは認めるさ。だが、それは本気で応援しない理由にはならんよ」

「筋野先生は、どうしてそんなに懐が深いんですか？」

「さぁなぁ……なんていうか、がむしゃらに好きなことに向かってるって感じが好きなんだよな。アメフトは数学と関係ないが、楽しかったぞ」

「でも、体力や社交性、チームワークが身についたんじゃないですか。どれも実践的な技能です。体育会は、きっと就活にも役立ったはずです。学生の部活と、社会人になってからの夢追いは……やっぱり私には同列にできません」

「なあ、天崎。天崎には、趣味とかあるのか?」

「ありますよ。読書もしますし映画も観ます。ジムでたまに運動しますし、英会話も趣味といえば趣味かもしれません。バイオリンだって、部活で生徒と続けてます」

「相変わらず多才だな。それじゃあ、佐野の執筆活動もそういうの一つと同じようなものだと思ってやればいいじゃないか。まずはそれだけで、あいつは喜ぶ」

「でも、小説は……読むのは気分転換になりますが、書くのは……かけた時間に対するリターンが少なすぎます」

「それが趣味ってもんじゃないか。それに、その気分転換になっている小説だって、誰かが書いているだろう。ま、本なんて読まない俺が言っても説得力はないがな」

「まぁ今回できっぱり諦めついたほうが、変なコンプレックスをずっと抱え続けるよりもいいかもしれませんね」

「……話は変わるが、天崎はバイト時代にチョコレートを手作りしてきたことがあったよな。しかもスタッフ全員分。たしか、バレンタインだったか。天崎、あれも趣味じゃ――」

そろそろ、戻らないと。

口角を上げて、顔の力を抜く。

ちょうど楽しく酔えているような笑顔が、上手くできているだろうか――

○

「……とりあえず上がってください」
玄関のインターフォンを鳴らして数秒。
開いたドアから現れたのは、パジャマ姿の琴音だった。
飲み会の帰り。彩叶と同じ駅で降り、Y字路で別れた。
その間、恋人と交わした会話はあまり覚えていない。
気がつけば、足が勝手に琴音のアパートへ向かっていた。
外から部屋の電気が灯っているのが見えて、安心してしまった。
酔っていたわけではない。ただ、自分の身体と心が求めていたのだ。
現実が追って来られない場所を。
玄関のドアを閉めた瞬間、琴音は何も言わず俺にキスをした。
抵抗せず、ただ彼女の唇を受け容れた。
深い霧に包まれた知覚の中で、今までの口づけと目的が違うことだけは分かった。
奪うキスではなく、与えるキス。
初めて、等身大の琴音とキスをした気がする。

途中で琴音に背伸びをさせていることに気がついて少し屈むと、それに応じるように彼女はより強く唇を押しつける。

ぼんやりと、人工呼吸のようだと思った。

一人で現実の海に溺れている人間を、琴音はただ必死に蘇生させてくれていた。

やがて唇を離すと、彼女は柔らかな微笑みを浮かべた。

「ふふ……お酒臭いです。ちょっとだけ」


意識が清明さを取り戻したときには、俺はサイズの合わないバスローブを着て椅子に座っていた。目の前のベッドには琴音が腰掛けている。夕方とまったく同じ構図だった。

「まったく……またですか」

琴音が、白い両脚を組む。

ショートパンツから露出した太ももが目の前で交差する。薄ピンク色のボーダーが入った、上下揃いのもこもこした生地。俺でも知っている有名なブランドのパジャマだ。

「初めてわたしに話してくれたときと同じですよ。先生は、愛しの天崎先生の言うことなんて気にしなくていいんです。自分の夢を叶えられるのは、自分だけ」

シャワーを借りた後、あの日と同じように俺は全てを琴音に話してしまった。

「恋人がどう思ってようと、関係ありません」

「そうは言ったって、彩叶は俺の恋人なんだ……それは、分かってくれ」

「先生の創作活動を……夢を、憧れを、応援してくれなくても？」

「そんなことは……彼女は応援してくれてる。俺のことだって、別に邪魔してないだろ。彼女なりに、ただきちんと将来のことを考えて――」

「ふふ、正論ですね。でもそうおっしゃるなら、傷つかないでください。恋人がどう思っていようと、弱音を吐かないでください。だって、応援してくれてるんでしょう？」

「それは……」

「それができないのなら、邪魔。先生にとってモチベーションを下げるものは、全て遠ざけてください。先生はもう、社会人である前に小説家なんです」

社会人である前に、小説家。

「小説には多かれ少なかれ、どこかに作者が投影される。わたしはそう思っています。私小説だけじゃなくて、エンターテインメントでも。ちょっとした登場人物の描き方とか場面のリアリティに、きっと作者の内面は出ます……望もうが望むまいが、良い影響であれ悪い影響であれ」

「だから、場所まで変えたのか」

少し前ならぽかんとしていたかもしれないが、今なら琴音の言いたいことも理解できる。今の俺に影響を与えるものが全て《あおば》の応募作にも投影される……そう琴音は言っているのだ。

彩叶に知られた時点で、もう図書館は使えない場所になったのだ。

彼女にとって、彩叶は俺への……悪影響だから。

「先生が小説家になること以上に重要なものなんて、この世に存在しませんから」

琴音と話しているうちに、視界が少しずつ晴れ渡っていった。

同時に、今後のことを気にする余裕も生まれてくる。

「でも、俺に合ったテーマっていうのをまだ聞いてない。もしそれで俺が書けなかったらどうすればいいんだ。本当に……一週間で足りるのか？」

ただ書くだけなら、仕事がなければ一日に五千文字くらいは書ける。一万文字以内の短編を一週間で、となれば簡単に聞こえるかもしれない。

ただ、これは中身を考えなくていい場合の話だ。新人賞に出す以上は、全ての文章に気を遣って何度も推敲しなければならない。一週間どころか、本当なら一ヵ月は欲しい。

最悪、今までに課題で書いたものを出すという選択肢もある。琴音に添削されたポイントを修正すれば、文章として一定のレベルには達していると思う。だが、それはなんだか中途半端で不完全燃焼になりそうだ。

「テーマは先生の授業最終回にお伝えしますのでお楽しみに。ちょうど、その日からは愛しの天崎先生もいませんしね」

べー、と舌を出す琴音。

「……さっきからその、愛しのってのはやめてくれ」

「ふふ。愛しくないんですか？」

「……愛しい、よ」

当然のこと。彩叶は、俺の恋人なのだから。

「……そうですか」

「琴音。学校での彩叶は……天崎先生はどんな感じなんだ？」

「ふふ。いいご質問ですね。先生のご想像どおり、完璧ですよ」

「含みのある言い方だな」

「ええ。もちろん――」

満面の笑みで琴音は言った。

「完璧っていうのは、褒め言葉じゃありませんから」

○

琴音の部屋からの帰り道、夜空を見上げた。

都心でも、明るい二等星までは肉眼で見える。

孤独な日々の中で星空だけが救いの少女を描いた琴羽ミツルのデビュー作『天蓋孤独』。

小説には作者の内面が投影される、と彼女は言った。

ふと、一緒に行ったパティスリーで琴音が漏らした感想を思い出す。

――『お星さまみたい』

受賞作を書いたとき、彼女も夜空を見上げていたのだろうか。

もしかしたら、たった一人で？

なにげなく夏の星座の輪郭を追っていると、すぐ横に琴音がいるような気がした。

きっと、自分の髪から琴音と同じシャンプーの甘い香りが漂っていたからだと思う。

3

「二学期からは論説文の比重が増えていくから、一学期のまとめとして最後に小説の読み方をまとめておこうと思う。あくまでも受験での話にはなるけどな」

黒板にチョークを滑らせながら考える。

俺は、いったい誰のために授業をしているのだろうか。

「文学的文章っていうのは、まずテーマや心の動かし方に普遍性があって……何より、説明が省略されているんだ。これは別に怠慢ってわけじゃない」

抱いたことのない疑問だった。

授業は、生徒のためにしている。そうに決まっている。

「よく『現代文の問題では、答えが文章中のどこかに必ず書かれている』と言う人も多いが……これは論説文がメインの話。小説は逆で、書かれていないことを読み取らなきゃいけないんだ。しかも当然、そこには一定の正しい答えがある」

それなのに今は、授業がまるで自分自身に向けたものに思えてならない。

「登場人物の会話、行動や比喩……これらを駆使して間接的に心の動きを描き出していくものが小説だと思ってもらっても構わない。そして分野によっては、その技術や美しさがストーリーそのものよりも重要なんだ」

教室の隅を見る。

一見すると俺の話を真面目に聞いているように見える女子生徒は、なぜか必死に笑いを押し殺すように手で口元を覆い隠している。

「もちろんベストセラーになるような手に汗握るエンタメ小説もいいんだが、一方で文学っていうのは芸術に近い面もあって……まぁ、高校生なら競技の違いって考えるのが早いと思う。マラソンと百メートル走に優劣はないだろ？」

偉そうにこんなことを話してはいるが、俺はまだ自分に適性のある競技すら把握していない。少なくとも、アスリート歴二ヵ月の人間がメダリストにしていい話ではない。

「とりあえず物語文が入試問題になるときは、直接的に描かれていない部分を様々なヒントから紐解く作業が求められていることが多い。これを知っておくだけでかなり点数は伸びると思うから、意識してみてくれ」

ちょうど、チョークを置くことが期待される時刻になった。

「……じゃあ、今日の授業はここまで」

俺の言葉で、教室中の生徒がいっせいに机の上を片付けはじめる。今日はいつもよりクラスを包む解放感が大きい。

なんといっても、一学期の最終授業。

生徒の大半は学校の授業が終わっている時期なため私服姿だ。

「夏休みは、なんとなく一学期の復習をしとくだけでも違うからな。数学や英語が大変な人もいるかもしれないが、ちょっとは国語にも触れてみてくれ」

とは言うものの、誰も聞いていていない。

それは、先ほどまで教室の片隅で笑いをこらえていた女子生徒も例外ではなかった。

女子生徒は他の誰にも分からないように俺と目を合わせる。

ゆっくりと唇を動かす。

そして夏休み――現実世界から隔離される一週間――の始まりを告げる。

「あ と で」

ただ一言。たった三文字。

俺が逆らえない呪文を唱えて、三ツ春琴音は教室を出ていった。

魔法があれば、お互いの連絡先など不要らしい。

◯

講師室に戻ると、筋野さんが帰り支度をしているところだった。

「おう、お互い一学期ラストか。お疲れさん」

「ありがとうございます……本当に」

純粋に俺のことを応援してくれる筋野さんには、心の底からの感謝しかなかった。

「お？　どうしたそんな改まって」

職場の人間として適度なドライさも持ち合わせながら、背中を押してほしいときに押してくれる。ここまでできた人にはそうそう出会えないのではないだろうか。

「いえ。筋野さんもお疲れさまでした。それと、この間はご馳走さまでした」

「数学はコマ数も多いからな。後輩二人におごるくらいどうってことないさ」

琴音と——要するに塾の女子生徒と——密会を重ねている罪悪感が、筋野さんの前では大きくなる。こればかりは百パーセント俺が悪い。琴音にも……責任はない。

彼女は「呪い」と言った。そうかもしれない。祝福される行いとは正反対だ。

「ところで佐野。新人賞の締め切りって、たしかもうすぐじゃなかったか？」

本当に、この人は。

「はい。あと一週間です」

「どうだ、いけそうか？」

「今週いっぱい、がんばります」

自分でも中学生みたいな返事だとは思うが、実際がんばるしかない。

「今年の夏休みは執筆というわけか。天崎は……部活の合宿だったたか」

「……ちょうど今日から六日間です」

「……そうか」

疑問とそれに対する答えではない。あくまで確認作業にすぎないやりとり。

「自分を信じて、がんばれよ」

がっしりした厚い手で俺の肩を叩(たた)き、筋野さんは講師室を後にした。

俺も、少し残った仕事を片付けて帰らないといけない。

そして、筋野さんの信頼を裏切らないといけない。

……異性に帰りを待たれるのは、初めての経験だった。

○

「っ……ふふっ……ふ、っ……笑いすぎて……っ、お腹が……っ」

玄関で俺の顔を見た瞬間に吹き出したかと思えば、笑いのツボにはまってしまったのか涙目になっている琴音。

泣きたいのはこっちのほうだった。

「っ……間接的に……こ、心の動きを……っ、描き出していくものが、小、説っ……ふふっ……会話、行動や……比喩って……ふふ……さすがです……っ」

年下からここまで薄い「さすがです」を聞く機会はなかなかない。

「分かってるなら……っ、やれば、いいのに……ふふっ」

授業内容に問題はないはずで。

おかしいのは、講師が小説を書いていることと生徒にプロの小説家がいることだ。

なんとか息を整えた後も、琴音はしばらく楽しそうだった。

「生徒に教えてることは完璧なのに……先生、自分に授業してるんですか？」

「……偉大な小説家先生をここまで笑わせることができて光栄だよ」

また、ここに来てしまった。

一学期のラスト授業を終えて俺が帰ったのは自分の家……ではなく、琴音の部屋。

家族ではない女性の「おかえりなさい」に迎えられたのも、「ただいま」と返すのに気が引けたのも、今夜が初めてだった。

もっと家庭的なシチュエーションで、恋人同士の甘い時間で交わすと思っていたやりとりを、よもや教え子の女子高生と交わすことになるとは。しかも相手はパジャマ姿。絵面としては完全にアウト。逮捕されてもおかしくない。

「……さて」

「おう」

「《あおば》の締め切りまであと一週間。先生には今まで色々と課題を出してきましたし、その後もレッスンを受けていただきました。あとは、応募作を書くのみ」

「質問がある」

「だめです」

「……」

「明日から、毎日ここに来てください。短編とはいえ一週間は短すぎますが、今回は作品の鮮度を優先します。最終日の三十一日は予備日にしたいので、締め切り前日には完成させてオンラインで提出しましょう」

作品の鮮度という聞き慣れないワード。

琴音も一週間が短いという認識は持っているらしい。それでも、ギリギリまで引っ張った理由があるのか。

「質問がある」

「いいえ。お泊まりは禁止です。さすがに」

「違う！」

「あ。仮眠はその椅子で。ベッドは禁止です」

「分かったが、それも違う」

「では他の質問をどうぞ」

「レッスンって言われても、なんかした覚えはないんだけど」

「いいえ。ちゃんとレッスンしましたよ。応募作に向けて。何度も」

……何度も？

知らぬ間にレッスンは行われているということ、だろうか。

とはいえ、唐突にキスされたり、この部屋に拉致されたくらいしか記憶にない。

「今日、俺に合ったテーマってのを教えてくれるんだったよな？」

「はい」

「もったいぶらないで教えてくれ……いったい、俺は何を――」

疑問が、琴音の唇に遮られる。

ほんの少し濡れて重みを持った髪から、トリートメントがいつもより濃く香る。

「……ん、っ……」

匂い、温度、柔らかさ、声。

受け身とはいえ、琴音に与えられる甘い刺激に少しずつ慣れてきている自分が怖い。

「……ふふ。ここまでしてるのに、まだお気づきでないんですか？」

すぐに唇を離して琴音が微笑む。

「言ったじゃないですか。小説には作者が投影されるって。だったら、それを最大限まで引き出さないと」

狭い部屋の中で、ゆっくりと円を描くように歩きはじめる琴音。

さながら、皆を集めて犯人のトリックを説明する名探偵のようだ。堂々とした語り口とアンバランスな、もこもこ生地のパジャマ。

「小説を書きはじめて間もない先生が《あおば》で勝ち抜く方法、最もリアリティを出せる方法……それは、現状の自分を最も投影できるテーマにすることです。それこそが作品の鮮度。幸いなことに、《あおば》はテーマの自由度がかなり高い」

立ち止まり、琴音は俺に向き合った。

そして一言。

「恋愛です」

探偵が、犯人に人差し指を向けて続ける。

「先生には、恋愛を題材にした小説で新人賞をとっていただきます」

4

「……あの」

「あ、エアコンの温度は好きにしていいですよ」

「いや……」

「トイレは玄関の方です」

「そうではなく」

「カップ麺ならキッチンに」

「じゃなくてだな」

「？」

「琴音、もしかして……ずっとここにいるつもりか？」

夏休み初日。

つまり、《あおば》応募作品執筆のための通い合宿初日。

誰かに見られていないか注意しながら、朝から琴音の部屋にお邪魔した。自分のノートパソコンを起動したのはいいが、予想外の問題が一つ。

「いや、ほら。部活とか、遊びの予定とか」

「わたし、帰宅部です。予定もこの合宿中はありませんのでご心配なく」

「そんな堂々と言われても」

机に向かう俺の背後。

ベッドで本――新書本サイズに近いが、紙のブックカバーがついているので書名は分からない――を読みながらごろごろしている女子高生のせいで、集中力が持たない。

「ここに通うのは構わない。ただ、せめて書いているときは一人にしてほしいんだが」

「この猛暑に追い出すんですか？　か弱い女の子を？　自分の生徒を？　家主を？」

「ぐぬぬ……」

薄いワンピースタイプのルームウェアをひらひらさせる琴音。

仮にも成人男性の前なのに、完全にリラックスしている。まるで本当に……外で演じていた兄妹の時間を過ごしていると錯覚しそうになる。

あまり気やすくこういう感想を抱くものではないと思いつつも、琴音は――小説家失格かつ教師失格な言葉を使えば――かなり可愛い。少なくとも今の俺にはそう見える。

顔や雰囲気もそうだが、いつも自分に似合う服をよく分かって着ている。この部屋で目にしたパジャマにしろルームウェアにしろ、ファッション誌の一ページくらいは飾れそうだ。だがパティスリーでキモいと言われた反省を活かし、言葉にはしないことにする。

と、琴音が読んでいた本から顔を上げた。

「どうしたんですか、そんなに見て。ふふ、また気持ち悪い感想でも？」

先手を取らないでほしい。

「プロの小説家はプライベートでどんな本を読むのかなと思って」

「……別に、普通ですよ。それより先生は執筆に集中を」

その「普通」とやらが気になるのだが。というより、琴音が俺の前で「普通」であったことが今まで何か一つでもあっただろうか。

「今回、応募作の添削はしないんだよな？」

「はい。さすがにわたしが手直しするのは不正行為に近いので。それに、作家になった後のことも考えると自力で受賞しなきゃ意味ありませんしね」

一発の受賞ではなく、当然のようにその先まで見据えている。

「じゃあなおさら……今までの課題みたいに、自分の家で書いてもいいんじゃないか？」

「それはだめ」

即答される。

「どうしてだ？」

たしかに環境は整っていて資料も充実している。だが琴音とのやりとりが必要ないのであれば、何もこの部屋に来なくてもいい気がする。教え子の女子高生と一緒というアウトな状況をわざわざ増やさなくてもいいのではないか。

「夏休みと言えば、合宿じゃないですか？」

「帰宅部がよく言うよ」

「とにかく、だめなものはだめです……むしろ、帰ったら書かないでください。早く、わたしがいる状況に慣れてくださいね」

「……了解」

踏み込んではいけないラインが目の前にあることを認識して、俺はおとなしくパソコンに向き合う。

二人の空間で一人ずつの時間が流れてしばらく経った頃、ベッドにいる琴音が呟いた。

「天崎先生」

「え？」

「寝たことはなくっても、家に呼んだことくらいはありますよね、愛しの天崎先生」

意地を張るように、彩叶への枕詞を外そうとしない。

「……あぁ。ある、が……それがどうしたんだ？」

「理由です。さっきの。先生の家で書いてはいけない理由」

再び読書に戻った琴音は、それっきり俺が何を聞いても言葉を発することはなかった。

「っし。二千文字くらい書けたぞ」

一区切り。

高そうなオフィスチェアで大きく伸びをすると、西に傾いた日差しに労わられる。構成を考えてからの初日としては上々だ。明日以降はもっと書けるはず。

琴音の言ったことは間違っていなかった。

悔しいが、今までに彼女に出されたどの課題よりも筆が進んだ。

自分が書きやすい文章が視覚の描写という自覚はあったが、それを使って上手く登場人物の心情を間接的に描くことが――俺がさんざん塾の授業で話してきたことが――恋愛小説というフィールドでは上手く機能している気がした。

「ふむ……悪くない言葉選びですね。なかなか質感を感じる文章です」

ディスプレイを横から覗き込んでくる琴音。添削はしないと言いつつも、弟子の文章が多少は気になるらしい。

「ふふ。レッスンの成果が出てるみたいで嬉しいな」

認めたくはない事実。

琴音による「レッスン」の効果が、描写に活きてくるのが分かってしまう。琴羽ミツルに憧れていただけの自分にはなかった独創的な表現が、生の肌感覚を宿していた。

「呪われた武器は強いと、相場が決まっていますからね」

憧れが呪いに置き換わっていくのが自分の中で感じられる。

手が届かないと思っていた小説家によって、成人男性としての社会的生命が脅かされている。そんな状況にあって初めて、表現力が静かに芽吹いていた。

「まだ明るいですが、もう六時半ですね……先生、夕ご飯とかどうされるんですか？」

「夕飯もカップ麺はご免だ。帰って食べるつもりだけど」

「合宿なのに？　家主を置いて？」

「……腹減ってるなら素直に言えばいいのに」

お腹が鳴る前に。

「でも、いいんですか？　塾の先生が教え子とご飯なんて」

煽(あお)りモードの笑顔は、あろうことか七月の西日よりも輝いて見えた。

「自分で要求しといて気を遣うなよ……」

「まぁ、そうなんですけどね」

「変装、割り勘、店集合。以上！」

「やった。すぐに着替えます。覗(のぞ)かないでくださいね」

クローゼットから変装セット――フード付きカーディガンと伊達(だて)メガネ――を取り出す

と、琴音は玄関に向かう。

玄関と部屋を仕切るドアが、カチリと音を立てて閉まる。

……。

……どうしても気になる。

……少しくらい、いいよな?

あまり良くないこととは思いつつも、好奇心が勝ってしまった。

ドア一枚隔てた家主に気づかれないよう、俺は女子高生の着替えよりも気になるもの

――彼女が読んでいた本――を手にとった。

「って、英語……?」

なんと、洋書だった。

薄いが、英語学習者向けの簡単にアレンジされたものではない。本格的なペーパーバックだ。小説家として原著に触れておきたいのか、単に英語の勉強なのか。

読み進めていた部分に、羽の形をした金色の栞(しおり)が挟まっている。

「ANIMAL FARM……『動物農場』、か」

ぱらぱらページをめくっていると、英単語の和訳やアンダーラインのような書き込みが一切ない中で小さな付箋が一枚だけ貼ってあるのが目についた。

《英語R　天崎　二学期　一》

「これ、は……そうか。彩叶の」

彩叶が以前言っていたことを思い出す。

この『動物農場』は、彩叶が担当する高校二年生の英語リーディングの教材だ。

となれば、付箋の意味するところは、ただ一つ。

琴音は期末テストが終わってもその勉強を——しかも、おそらく二学期以降の予習まで——しているということ。ひょっとすると宿題かもしれないが。

普通に考えれば、単純に琴音が真面目に勉強しているという、ただそれだけのこと。

しかし、どうしても素直に受け止めることができない。

——『愛しの天崎先生』

琴音の言葉を頭の中で反芻(はんすう)する。

付箋の上で敬称もなく呼び捨てられている、恋人の名前。

相変わらずきれいな筆跡は整いすぎていて、どこか挑発的に見えた。

○

「ん〜。ファミレスのスイーツもいいですね。やっぱり期間限定は重要です」

サラダとサンドイッチの組み合わせは夕食にしては少し軽いと思っていたが、どうやらパフェのために余力を残していたらしい。俺もデザートのフォンダンショコラは気になったが、オムライスの大盛りで満腹になってしまった。

「割り勘だからな。おごろうとするなよ」

「分かってますって」

変装した琴音とは、最寄り駅前のビル五階にあるファミレスで待ち合わせをした。油断はできないが、この辺りは開央大付属の生徒も少ない。

「どうですか。締め切り前日までのあと五日で完成しそうですか」

「あぁ。今日は構成を考える時間もあったからな。まず完成はできると思う。むしろ推敲に時間を割きたい」

「いいですね。執筆より推敲に時間が必要とは、小説家っぽくなってきました」

賞に応募する以上、本当はもっともっと時間をかけて何度も書き直すべきなのだろう。しかし今回は、鮮度を優先するという琴音を信じるのみ。

「ちょっと見ただけですが、説明のしすぎもあまり感じませんでした」

「書きながら、今まで言われたことは意識してるよ」

「そう言ってもらえるのは嬉しいですが、恥ずかしがらなくていいですよ。分かってるんでしょ。恋愛を書くの、向いてるって」

文学かぶれだった俺にとって、まともな恋愛経験は彩叶くらいだ。恋愛小説を得意とする作家は何人か思い浮かんだが、経験豊富そうなイメージを勝手に持っている。そこまで考えて、気がつけば口に出していた。

「なぁ。琴羽ミツルは恋愛を書かないのか？」

記憶に間違いはない。

琴羽作品には、恋愛を扱った作品が一作もない。

琴羽ミツルの筆力なら、ありふれたものと思われがちな恋愛というものを、もっと違う切り口から文学的に描くことだってできるはず。三冊の短編集を出していて一作も扱っていないということは、意図的なのだろうか。

「……ない、ので」

「え？」

ぼそっと何か呟いた。少しうつむくだけで、フードと前髪に顔が隠れてしまう。

「経験が、ない……ので」

全ての物事を自分で経験することはできない。だからこそ調べたり取材をしたり時には想像力を使ったりして補う……のだろうが、琴羽ミツルといえどもリアリティの問題に直面することはあるらしい。

「……」

――『わたし、実はキスってしたことなくて』

サイン会で無理やりキスをして写真に撮った後、そう彼女は言った。

あんなかたちでファーストキスを捨ててしまったことを、いつか琴音は後悔しないだろうか。例えば……本気で好きになった相手とキスをする日が来たら、とか。

「ちょっと」

「え？」

「今またキモいこと考えてましたよね？」

「考えてない」

「はぁ。女子の『経験』って単語からあれこれ妄想するなんて、思春期ですか。キモすぎ。犯罪者予備軍。小説家になったらすぐ逮捕されてください。大丈夫、まだやり直せます」

作家の語彙力をこんなところで発揮しないでくれ。

「そっちはリアルで思春期だろ……」

「何か言いました？」

「何も言ってない」

これが、憧れていたベストセラー作家の真の姿か。

「それより良かったのか。こんなところで？」

パフェ用の長いスプーンを咥えたまま首を傾げる琴音。

「いや、さ。有名作家も、ファミレスとか行くんだなって思って」

「たまに。だって普通の女子高生ですよ？」

生活感のない書斎のような部屋。姿の見えない家族。使われていないキッチン。

彼女の言う「普通の女子高生」は、まるで与えられた役のような響き。

ドリンクバーで一緒に長時間居座るような学校の友達はいるのだろうか。

「普段はなに食べてるんだ？　料理とかするのか？」

勝手に理想の女性像を押しつけるようだが、外食やコンビニで食いつないでいる、という答えには返ってきてほしくない。心配が先行してしまう。

「簡単な料理くらい、します」

「そうか。なら良かった」

「わたしの手料理、食べたい？」

「……残念だけど間に合ってる」

「……そう」

他意はなかった。

だが俺の答えに琴音の表情が一瞬だけ硬くなり、すぐ元に戻った。

「しかし成長しましたね。せんせ……兄さん」

外でのルールを思い出して訂正する、変装モードの琴音。

「成長？」

「はい。ケーキのときとは違うなって。人間を見る目が」

普通、凡人、才能ないだのと罵倒のシャワーを浴びたときのことを思い出す。

「成長したっていうか、これは……」

純粋に、彼女のことが気になるだけだ。

琴音のことを知れば知るほど、分からなくなる。

「そんな兄さんには、わたしからご褒美があります」

「ご褒美って、なん――」

唇にひんやりとした感触が当たり、次の瞬間にはマンゴーの甘酸っぱさが口の中に拡(ひろ)がった。少し遅れて、溶けたバニラアイスの香りがふわりと舞う。

伊達メガネの奥の澄んだ眼(め)が、楽しそうに笑っていた。琴音がペットを飼っていたら、餌付けをするときはこんな顔をするのだろうか。

彼女と共有してしまったスプーンが口から引き抜かれる。

「ふふ。これもレッスンですから。明日もがんばってくださいね。執筆」

夏限定マンゴーパフェは、後戻りのできない味がした。

割り勘をしてファミレスを出ると、琴音とは別々に帰路についた。半袖シャツでちょうどいい七月の夜道を歩く。

夏の夜風に吹かれ、応募作の展開が浮かんでは消えてゆく。脳はバックグラウンドでも作品のことを考えていた。

他のことを一切考えず何か一つのことに没頭するのは、いつ以来だろうか。全国大会を目指すとか、大学受験に全力で挑むとか、そういう経験が自分には足りていないと思ってきた。

以前、大学在学中に有名な新人賞を受賞したミステリ作家のインタビューを読んだことがある。受賞作は大学三年の夏休みに執筆したと語っていた。しかも、それ以前にも長編の賞に応募歴があった。口だけの自分がなんとなく毎日を消費しているような時期に、淡々と挑戦を繰り返していたのだ。

まだ残照が西に尾を引く空を見上げる。

夏の大三角がよく見えるようになるのは、これからだ。

第五章　ラストシーン

1

夏休みに入ってから三日間、朝から晩まで琴音(ことね)のアパートで執筆に打ち込んだ。

自分でも恐ろしいことに、部屋着の教え子がベッドにいる状況にも慣れてしまった。

二日目以降、ノートパソコンを覗(のぞ)いてくることはなくなった。これ以上のコメントは手直しになってしまいかねないと判断したらしい。

想像以上に頭を使っているのか、家に帰った後は少しスマホをチェックして寝るだけ。

彩叶(あやか)からの連絡は、夜に軽くメッセージが入る程度だった。小説の締め切りが近いことは知っているはずだが、触れてはこなかった。

昼食は二人ともカップ麺やレトルト食品、コンビニ弁当だ。当然、別々に買いに出る。

料理を申し出ると、執筆に集中しろと言われ止められた。かといって、彼女がキッチンを使うところはまだ見ていない。

夕食は変装モードの琴音とファミレスが定番だった。

そして、毎日違うデザートを注文する彼女が季節限定スイーツをコンプリートした合宿三日目の夜。

いつも彩叶と別れるY字路までたどり着いたとき、背後から女性の声に呼び止められた。

「調子はどうや、マサくん」

そこに立っていたのは、いつぞや夜道で突然話しかけてきて琴羽ミツルに関するテストを出してきた、金髪爆乳美女（大阪弁）。あの時と同じ、全身赤のコーディネートだ。

「……」

ここはスルーを選択。

関わってはいけないタイプの不審者。どうか警察に職質されてくれ。

「いやいや、無視かいな！　……って、うちにツッコませるとは、なかなかやりよるね」

別にボケたつもりはない。

俺は妙な女に向き直る。琴音には、いつか紹介すると言われたきりだった。

「三ツ春のお知り合いみたいですけど、いったいどなたなんですか。尾行までして」

「尾行はほんまにすまへんかった。でも、どうしてもこの目で確かめておきたかったんや。マサくんが、琴音様に相応しいかを」

琴音、様……？

「改めて、うちはこういうもんや」

女は、重そうなバストに押し上げられた胸ポケットから、名刺入れを取り出した。真っ赤なネイルに挟まれた名刺を受け取ると、そこに書かれていたのは目を疑う文字だった。

《青麦社　文芸第一出版部　「文芸あおば」編集部》
《鳴沢（しぎさわ）　葵（あおい）　Aoi SHIGISAWA, MD》

偽装されたものでなければ、目の前にいる奇抜な女は「文芸あおば」——俺がまさに応募しようとしている《文芸あおば新人賞》の主催元——の編集者ということになる。名前の横に書かれているMDというのは、社内の役職だろうか。電話番号とメールアドレスも記載されている。

が、依然としてかなりの不審者であることに変わりはない。

人を見た目で判断するものではないが、これはさすがに見た目で判断される強い覚悟を持った人間の格好だ。

「……働いていらっしゃるんですか」

「まぁ、会社はもう辞めてしもたんやけどな」

「それで……編集者さんが、俺になんの用ですか」

「用もなんもあらへん。琴音様の認めた男に、挨拶しとこ思うてな」

景観を無視した海外のファッション業界人のような出で立ちと抜群のスタイルから発せられる、親戚のおばさんのような大阪弁。異常なギャップにめまいがする。

「鳴沢さんはどうして俺の名前を？　それに、前に会ったことがあるとかなんとか」

「あ。うちのことは葵さんでええよ」

「鳴沢さんは――」

「葵さんでええよ」

下の名前で呼ぶのを強制するのは琴音に似ている、のかもしれない。

「……どうして葵さんは俺のことを？」

「琴音様の引退サイン会のときに本人確認しとったんやけど。覚えてへん？　それとも、緊張でそれどころやなかったんかな。見るからにガチ勢やもん」

からからと笑う葵さん。

言われてみれば、サイン会の会場にスタッフのような女性がいたことを思い出す。たしかに、かなり髪が長い女性だった。だがあの人は黒髪で、スーツ姿で、標準語で……。

「……別人じゃないですか」

無理だ、冷静に。記憶力とかそういうレベルではない。

「あはは。琴音様の引退と一緒に退職したさかい、自分を解放することにしたんや」

解放した結果が、これか。

「葵さんは、三ツ春とどういうご関係なんですか？」

「あぁーそれまだ言ってへんかったな」

頭をポリポリと掻く葵さん。意味不明なテンションといい全身赤のエキセントリックな見た目といい、お笑い芸人か。

「うちは琴羽ミツルの、いや琴音様の担当編集やったんや。なんなら、今から琴音様に確認してもらってもええ」

はっとする。作家である以上、琴羽ミツルには担当編集がいるはずだった。当然、彼女の正体を知っている人間が俺以外にも存在するということ。

どうして今まで考えてこなかったのか。

「琴音様も引退するって言うし、うちも脱サラってわけ」

「え、退職された理由ってそれですか。三ツ春が引退する……それだけで？」

「かーっ。あの子の大大大ファンのマサくんがそれ言うか？　『それだけ』やない。それが全てや。うちはな、もうあの子以外と仕事したくないねん。琴音様が引退するときは、うちの編集人生が終わるときや」

葵さんも俺とは違う方向で、琴音に人生を狂わされているようだ。

「でしたら、今は何を……？」

「今は琴音様の公認ストーカーってとこやね。別の言い方をすれば、一人の召使い(サーヴァント)やな」

自慢気に豊満な胸を張る葵さん。

職業を聞いたつもりが、斜め上の答えが返ってくる。

堂々とストーカーを自称する人間も、サーヴァントという単語を日常使いする人間も、俺は知らない。「別の言い方をすれば」などと言っているが、召使いとストーカーは違う。というか、公認ストーカーとは。

「もちろん、普段は距離置いとるよ。琴音様の希望もあってな。でも呼ばれたら、いつかなるときでもダッシュで駆けつける。それがうちの仕事や。プロフェッショナルや」

仕事、なのだろうか。パシリというか世話係というか奴隷というか、葵さんは自ら進んで全てを琴音に捧(ささ)げているらしい。

「まさか、ニートってことですか？」

「創造主の授けた筆致、輝ける文才の具現、生ける国宝……か弱い少女の姿で地上に降り立ってしまった女神を守り抜く。これこそがうちの使命ってわけ」

「ニートってことですか？」

「……そういう見方もありっちゃあり、やね」

ニートだった。

「サイン会で琴音様が時間いっぱい話しこんどる男がおるやないか。しかも運命の再会ときた。しかも、塾であの子を教えとったと。しかもしかも、条例違反バリバリの距離感なのに手を出さない自制心もある。奇跡や」

手を出さないのは当然として、どちらかといえばこちらが琴音に襲われたのだが。

「でな。久々に琴音様のアパート通ったら電気が点いとったさかい、本気って分かった」

こんな目立つ格好の女に家の周りをつきまとわれている琴音が心配になるが、無視できないフレーズのほうが引っかかる。

「ちょっと待ってください。電気が点いてたって、やっぱり三ツ春はあのアパートにいつも住んでるわけじゃないんですか？」

「ほぉ……琴音様、まだそこまで見せとらんのね」

葵さんが少し驚いたように俺を見る。

「まぁええ。小説、書いとるんやろ。琴音様に習って。ええことや。琴音様にとっても」

「三ツ春にとって、いいこと？」

葵さんはジャケットを正した。

「とりあえず、小説がんばり。うちは見守るだけや、マサくん。信用しとるで……あ、琴音様に手を出すときはうちに一声かけてな？」

「そんな時、来ませんから。そんなつもりも、ありません」

絶対に手を出すことはないと思いつつ、なんでこの人の許可がいるんだ……と内心ツッコミを入れていたところで、前から気になっていた疑問が浮かんだ。

「葵さん。三ツ春の家族は……ご両親は、何を？」

「琴音様が話してないことをうちが話すのは、公認ストーカー失格や。それに、マサくんが本当に選ばれたんやったら、知るときが来ると思うわ。そのうち」

　今後一生聞かないであろう「ストーカー失格」なる言葉が出てきたが、なんとなく目に見えない信頼関係は伝わってきた。

　この人は、俺よりもはるかに琴音のことを知っている。

「ほな、また。名刺のメールアドレスは退職したさかい使えへんけど、携帯の番号はそのままやから。琴音様になんかあったら、二十四時間いつでもダッシュで駆けつけるで」

　投げキッスのジェスチャーをして、葵さんは夜道に消えていった。

　時間にするとほんの数分だったが、どっと疲れが出た。

　渡された名刺の裏を見る。

　そこには、本物と思われる赤いキスマーク。

「……」

　見なかったことにして、俺はそっと名刺を財布の中にしまった。

◯

遺憾ながら、全て真実だった。

「本当なのか。琴音」

合宿四日目の朝。

改めて全身赤のエキセントリック金髪爆乳美女（大阪弁）の話を琴音にすると、悲しいことに完全な肯定が返ってきた。

「はい。童貞の妄想を具現化したようなバストサイズに、二次元キャラみたいな髪の長さ、隣を歩きたくない私服のセンス、怪しげな大阪弁、自称ストーカー……わたしの元担当編集、鳴沢です」

琴音は「葵さん」ではなく「鳴沢」と呼んでいた。作家と編集ではなく、本当に主人と召使いのような関係だ。

琴音の形容にマイナスの方向性を強く感じるのは気のせいだろうか。

「あの人が、会社員を？」

「ええ。もちろん他の人の前では黒髪にスーツでしたけど」

「今はどっからどう見ても常軌を逸した不審者なんだが」

「元から不審者ですし変態ですが、悪人ではありません。残念ながら、有能で信頼できます。わたしの出会ってきた大人たちの中でも群を抜いて賢い。認めたくありませんが」

「変、態……？」

葵さんのことを罵倒するのを楽しんでいるようにも感じる。

「はい。向こうのほうが年上なのに名字を呼び捨てにしているのも、彼女が希望したからです。わたしに冷たくされるのがゾクゾクするとか言って」

……。

「鳴沢が先生にコンタクトをとってきたのは予想外でした。でも、まぁいいでしょう。わたしが紹介するより、直接会ったほうが早いですし」

たしかに、あのインパクトは筆舌に尽くしがたい。

「さぁ。今は鳴沢のことなんかより執筆です。締め切りは明後日（あさって）。進捗はいかがですか」

「実はもうほとんど書けてる。字数は一万一千字くらいで、推敲（すいこう）で削るつもりだよ」

ここまでの四日間で、細かな構成を何度か修正しつつ書き進められていた。

推敲の時間が一日か二日くらいしかとれないのは琴音の戦略上分かっていたことなので、執筆のペースとしては順調だった。

「素晴らしいですね。で、もちろん恋愛とはいっても読者の心に亀裂を入れてしまうような仕上がりになっているでしょうね？」

「そう書くように誘導してきたんだろ、ずっと」

「ふふ。さすが先生。レッスンの趣旨をご理解いただけたようで」

担当の塾講師に自分から積極的にキスをする女子高生……琴音がそんな、ただ男性にとって都合のいい妄想のような存在であるはずがない。

テーマを恋愛に指定してきたのは琴音だ。

ファーストキスすら無感情に済ませてしまう彼女が今まで俺にしてきたことが、全て小説のための肥やしだったとしたら？

だとすれば、彼女が求める作品——言い換えれば、俺が《あおば》に勝機を見出せる作品——は、ごく普通の恋愛を描いたものではありえない。

「たぶん、今夜で完成するよ」

「ふふ、楽しみにしています」

応募作は、俺と琴音の関係が孕む歪みを全てぶつけるつもりで書かねばならない。琴音の部屋でのみ執筆が許されるのは、彼女もそれを望んでいるから。

呪われるままに、今日も筆を執る。

2

物語の創造。

時代、国境、身分、性別……全てを超えて人間が交わる、普遍的な営み。

パソコン、万年筆と原稿用紙、羽ペンと羊皮紙、ナイフと粘土板、指と洞窟の壁。
様々な道具が使われてきた、無限の工程。
言葉の濁りをすくい取り、単語の粗さを削ぎ落とす。
美しい表現を、あえて破壊する。再び積み重ねる。
その繰り返し。
純度の高い結晶を作り上げ、磨き、研ぎ澄ます。
その間も時間はただ一瞬も止まることなく、光の矢となって周りを流れていく。
やがて夏の朝が、カーテンの隙間から部屋に入り込む頃。
鼻をくすぐる紅茶の香りに誘われて、徐々に世界は元の姿を取り戻す。
ワンルーム。机に向かう椅子で、自分が眠っていたことを知る。
身体には、甘い柔軟剤の香りがする薄いブランケット。

3

——七月三十日。
俺は、《文芸あおば新人賞》の応募作を書き終えた。

「俺、どれくらい寝てた？」

「わたしも三時くらいまで起きてましたけど、先に寝落ちしちゃいました。八時に目が覚めたときには、先生はもうおやすみでしたよ」

琴音が焼いてくれたトーストは、今までの人生で食べたトーストの中で一番美味しかった。素朴なバターの味に、身体の芯から元気が湧いてきた。

「なんか、事件のアリバイ証言みたいだな」

食後のアイスティーを飲みながら、昨晩の記憶をたどる。

自分でも驚くことに、夕食もとらずにぶっ通しで推敲をしていた。ベッドの琴音が寝息をたてていたことすら、後で気がついた。

作品が完成したという実感だけを残して、そのまま意識が遠のいていったのをおぼろげに思い出す。

公募に出す、初めての自分の小説。

◆

主人公は、かつてカメラマンを目指していた女性。

半年前まで付き合っていた男性に頼まれ、車でソファを——かつて二人で選んだものだ

――を引き取りに行く。

　パティシエ見習いとして修業させてもらえる店が見つかり、引っ越すのだと言う男性。彼は久しぶりに会った主人公に手料理を振る舞う。料理の腕は、付き合っていた頃よりも格段に上がっていた。

「もう写真は撮らないんだね」

　男性は言う。主人公は彼と別れてから、カメラを持ち歩く習慣が薄れていた。恋人の作る料理は、欠かさず撮影していたのに。

　洗い物を引き受けていると、食器棚の奥に隠された新しいペアグラスを見つけてしまう主人公。

　きっと、夢を応援してくれる女性が現れたのだろう。周りに流されて夢を諦め、さらには恋人の夢すら応援できなかった自分とは違う女性が。

　外へ散歩に出る二人。やがて、よくデートで訪れたパティスリーを通りかかる。引っ越す前、最後にケーキを食べていこうと誘う主人公だが、遠回しに断られる。結局、お土産の焼き菓子だけ買って帰ることにした二人。

　彼が引っ越してしまえば、もう会うことはないだろう。二人に許されたのは、一欠片（かけら）の甘い思い出を持ち帰ることだけだった――

◆

以前、琴音に《夢破れる》という課題を出されたとき、俺はパティシエを目指す女性の挫折を描いた。描写が高評価だったのを思い出し、近い設定にした。

「先生、すごく集中してましたから」

「ごめん。こんなこと初めてだ。というか、泊まってしまって申し訳ない」

「ほんとですよ。教え子の女子高生の部屋に泊まるなんて、とんだ淫行教師ですね」

「……」

「ふふ。冗談ですよ。最終日くらいはいいんじゃないですか。それに、本気で嫌ならとっくに鳴沢を召喚して追い出してますから」

いつでもどこでも主人の召喚に応じる葵さんの姿を思い浮かべる。普段は琴音が自重しているだけで、呼べば本気で駆けつけるのだろう。ダッシュで。

「それにしても、お疲れさまでした。ついに完成ですね。もう出したんですか？」

「いや。出す前に、少しだけ時間をおこうと思う」

「ふむ……その辺は人によりますから。さっさと出して忘れる人もいれば、限界まで粘る人もいます」

提出はオンラインでも可能だ。締め切りは明日の夜なので、一日は余裕がある。

「どこか気になる箇所でも?」

「今のままでいいと思う。ただ、なんとなくな。ラストシーンだけちょっと」

「作家の第六感とは、偉くなりましたね」

「おかげさまで」

「ラストシーンは重要です。しっくりこないときは、時間を空けたほうがいいかも。まだ明日も直せますから。元から三十一日は予備日のつもりでしたし、わたしの部屋に来るかはお任せします。ほぼ徹夜でしたし、今日はゆっくり休んでください」

「ありがとう。たぶん、直さなくていいとは思うんだが」

そうだ。直すほどではない。

ラストシーンだけを、何度も頭の中で思い描く。

他のパターンは思い浮かばない。

「では提出したあとで、またじっくり読ませていただきますね。ふふっ、楽しみです。お泊まり淫行教師様の書く、恋愛小説」

「あのな……ん?」

「どうかしましたか?」

「今、『また』って」

「はい」

「もしかして、もう読んだのか？」

「はい。さらっとは。ファイルを開いたままお休みだったので」

今すぐに「どうだった？」と聞きたくなるのを、ぐっと抑える。良かったとも悪かったとも言わないということは、提出するまでコメントはしないということ。

まるでテストの採点を終え、こちらの点数は知っている教師と話しているような感覚。

目の前にいる琴音が出来栄えの評価を済ませているのだとしたら。

彼女の審美眼に狂いがないとすると、一次選考を通過できるかどうかくらいはすでに分かっているのかもしれない。

「ところで先生。今週末の八月四日は空いていますか？」

「いきなりどうした」

「空いていますか？」

「土曜日だよな。今のところ空いてる、けど」

彩叶との予定も、まだ特にない。

「良かった。では午後一時に……そうですね、桜木町の改札にしましょうか」

「は？」

「え？」

「琴音。なんの予定を立ててるんだ？」

「なんのって。もちろん、お疲れさま会ですよ」

「お疲れさま、会?」

「はい。先生は初めて作品を完成させ、新人賞に応募する。その打ち上げです」

「気持ちはありがたいんだが。なぜ桜木町」

「あ。桜木町よりみなとみらい駅で集合のほうがいいです?」

読解力ゼロになる琴音。話が一ミリも噛(か)み合(あ)っていない。

「ちょっと待て。落ち着いてくれ。どうしてみなとみらいに行く流れに?」

「いいじゃないですか。みなとみらい。先生もご存じのとおり、わたしの短編集『失遊園』の精神的な聖地ですよ?」

「いや場所の話じゃない。いつ俺と二人で出かけることになったのかってことだよ」

「ふふっ。決まってるじゃありませんか。執筆を見守ってさしあげていた間に失われたわたしの楽しい夏休みを、先生から取り戻すためです」

　これって、ただ琴音が遊びたいだけじゃ。

　名前はお疲れさま会だが、ほぼ琴音のためのイベントなのでは。

「ほんとに今回の件は感謝してる。が、俺とである必要はないんじゃないか。ちょっとケーキ食べたりファミレスに行くのとはレベルが違う」

「部屋に泊まっておいて、何を今さら」

「ほら、せめて友達とかと……」

「いやはや。先生は、本当にすてきなお方ですね。感服します」

人を煽る笑みを浮かべて、ぱちぱちと両手を叩いて見せる。

「二ヵ月間、琴羽ミツルにみっちり小説の書き方を教えてもらう……それも、直接。合宿までして。一日みなとみらいでサービスしようと思っていた授業料を、先生は他の方法で払えるとおっしゃるんですから」

完全にヤクザ的な論法だが、一理あるのでどうしようもない。

こんな経験、いくら払ってもできないはずだった。

「いや。だけど……生徒とはまずいだろ。第一、俺には――」

恋人が、いるんだよ。

「最後に一日くらい、いかがですか？」

「最、後……」

「はい。ゆっくり横浜のきれいな景色でも見て、お食事しましょう。先生と生徒としてではなく、二人の小説家として」

二人の、小説家。

「先生の一日を、わたしにください。もう『レッスン』はしませんから。ね？」

琴音は最後に、と言った。

もともと《あおば》に出すことを目標にやってきたのだ。ここで、自分の意志で俺が選択した今の関係性に一度はピリオドが打たれるということ。

みなとみらいの一日は、琴羽ミツルからの餞別。

「……本気で変装して来てくれよ」

「ふふっ。ありがとうございます。そうだ、先生の連絡先を教えてください。もし何かあったらメッセージ送りますから」

「いや、連絡先の交換は……」

「いいえ。交換ではありません」

「って、え？」

「わたしが先生の連絡先を知っておくだけです。それなら万が一のことがあっても安全でしょう？」

なんと清々しい上から目線。

俺から連絡できないということは、こちらの不手際は許されないということ。

「……」

何も言わずスマホを取り出す。

「ふふ。ちょろいですね」

結局いつも、琴音の言葉に流されているような気がする。それも一方的に。

「……先生って、アイコン星空の写真なんだ。さすが銀河鉄道のお兄さん」

「意外で悪かったよ」

「では、八月四日の午後一時に桜木町の改札で」

思えば、琴音と小説が絡まないシチュエーションで会う約束をするのは初めてだ。

「時間どおりに来ないようなら、わたし観覧車とか乗っちゃいますからね。一人で」

「俺は遅刻も欠席もしないよ。誰かさんと違ってな」

4

「合宿お疲れさま。彩叶」

「ありがとう。正道（まさみち）くん」

コーヒーカップに口をつける彩叶の横には、銀色のスーツケース。

琴音と別れた後、家に帰って昼寝をしていた。夕方に彩叶から入った連絡で目を覚まし、駅前のカフェで待ち合わせた。

「五泊六日って、意外とあっという間だな」

「高校生相手に五泊はけっこう疲れるね。やりがいはあるけど、もし万が一のことがあったら自分が責任とらないといけないし」

高校生相手、という部分にびくりと反応しそうになった。

「オケはどうだった？」

「うん。開央大付属はレベル高いから、そっちは充実してた。私なんかより全然上手い生徒もいるしね。演奏技術は六日で大きく変わるわけじゃないけど、いつも以上にチームとして練習するっていうのが合宿の意味だから」

開央大付属のオケは楽器経験が長い部員も多い。いわゆる強豪校といっても良く、コンテストで表彰され校内ニュースになることも時折あった。

「天文部とは大違いだな」

一方の天文部はというと。夜こそ惑星や流星群の観察などやることはあるが、日中は惰眠を貪るか、ゲームをするかくらい。機材の準備以外はほぼ自由行動というフリーダムさ。

「ところでさ、彩叶。報告があるんだけど」

「どうしたの。急に改まって」

「書き終わった。小説」

「あ、新人賞に出すって言ってたやつね。締め切りっていつだっけ」

「明日だよ」

「そうなんだ。お疲れさま。手応えはどう？」

「まぁまぁかな。ベストは尽くしたと思う」

「おめでとう。良かったね、最後までやりきれて」

「あぁ。ありがとう、彩叶。これからもよろしくな」

「当たり前じゃない。小説書いたからって、何も変わらないよ。変な正道くん」

現実世界に帰ってきたことを実感する。

短編だが、一作の応募小説を書ききった。人に見せる作品を完成させた。

なんとか一次選考を通りベスト十作に残れたら嬉しいが、そう簡単でもないだろう。

ただ、もしだめでもスタートラインには立てた気がする。今後は琴音に習った基本を活かして、少しずつでも小説を書いていけるのではないか。

琴音は、もう十分にひと夏の夢を――この歳になるまで経験してこなかった「夢中」を――見させてくれた。

「さてと。帰ったら、明後日からの準備しないと」

「明後日からって、なにかあるのか?」

「うん。仕事あるから」

「合宿明けでいきなりか。クラス担任とはいっても、少し休んでもいいんじゃないか」

「そのつもりだったんだけどね。英語の補習が出ちゃったから、明後日から三日間は出勤しないといけないの。金曜日まで。ま、私のクラスからもいるしね」

開央大付属の補習の基準は、まったく厳しくない。相当に悪い点数をとらないと引っかからないはずだった。

「まぁ、本当に勉強しないやつはしないからな」

「それはそうなんだけど。私のクラスの生徒はちょっと事情が違うの。出席日数」

「出席日数？　成績じゃなくて？」

「元から成績は悪くない……っていうか、期末で急上昇したんだけど。なぜか週の後半にだけ遅刻と欠席が多くてね。特に六月以降は目立ったから」

素行不良な生徒が少ない開央大付属としては珍しいタイプだ。

「クラス担任で、しかも担当科目だと面倒そうだな」

「まったくよ。授業態度で補習に引っかかってるのなんて、今回はその子一人だけだし。特に六月は木曜日の一時間目……私の授業によく遅刻してたから覚えてる。成績良くても、一回は指導しておかないと」

「不真面目なのもいたもんだ」

「もう。他人事なんだから……あ、それに」

「ん？」

「前に話したっけ。中間テスト期間に集まってた天文部を注意した話。その時にもいたのよ。問題の子は天文部じゃないんだけどね」

活動の禁止されているテスト期間中、彩叶に見つかってしまったという観望会の話だ。

「思えば、それ以降かな。遅刻が増えてきたの。もしかすると、注意した私のことが嫌いなのかも」

「それはさすがに考えすぎじゃないか？」

「でも、そう考えてみるとますます……遅刻も欠席もしてないかと思えば、そんな日は居眠りしてるし」

「そうなんだ。それ、は……」

大変だな、と労おうとした途端、頭の中に突然の黄色信号が灯る。

彩叶の話を整理する。

問題の生徒は開央大付属の二年二組で、遅刻と居眠りの常習犯。

どこかで聞いたことのある特徴が、偶然にしては揃いすぎてはいないだろうか。

「正道くん、どうかした？」

「……いや。彩叶を困らせるのが、どんな生徒なのかなと思って」

「女の子よ。しかも、見た目は真面目そうな感じの」

「へぇ、意外だな」

震えそうになる声を、興味なさそうに制御して取り繕う。

「でも帰宅部なの。他に課外活動してるわけでもなさそうだし。部活に入ってないのって、やっぱり素行不良のリスクファクターなのかな」

二年二組に、帰宅部女子がどれほどいるだろうか。

確率が高まっていく。ちょっとした疑念が、確かなかたちを持ちはじめる。

「あと生活態度とは関係ないんだけど、ちょっと変わった名字なのよね」

そして、一点に収束した。

「三ツ春。三ツ春琴音っていう女子生徒よ」

5

「こんにちは。推敲ですか？」

締め切り当日の、七月三十一日。琴音はいつもどおりアパートにいた。

「それもある、が……少し話したいことがあるんだ」

部屋に招かれる。琴音はベッドに腰掛け、俺はデスクチェアに座った。

「琴音。明日から、学校の補習らしいな。英語の」

どう話を切り出そうか迷った挙げ句、遠回しに聞くよりもこのほうがいいと思った。

「愛(いと)しの天崎(あまさき)先生に聞いたんですか」

「……あぁ」

「そうですが、先生には関係ないことですから。ご心配なく」

「本当に関係なかったら、補習くらいスルーしてたよ」

「わたしの補習と先生に、どんな関係があるとおっしゃるんです？」

彩叶から話を聞いてすぐ、点と点がつながってしまった。

「遅刻は週の後半に多いらしいな。天崎先生の……彩叶の授業は、木曜一限なんだとか」

「はい。それがなにか？」

「琴音。遅刻も欠席も、俺に出した課題を添削するためじゃないのか？」

「それは……ちょっと自意識過剰すぎですよ。落ち着いてください、先生」

「遅刻や欠席が目立つようになったのは、六月以降って言ってたぞ」

「……梅雨は、気分が乗らなくて」

目を逸らす琴音。

「琴音は、土曜日に図書館で会うときには必ず俺の小説を添削してくれてたよな」

俺が琴音に課題を提出するのは創進アカデミーの授業がある水曜日。

つまり琴音は水曜日の夜から金曜日の夜までだけで、作品を何度も読み返して隅から隅まで赤ペンを入れていたことになる。しかも、何通りもの改善案まで考えて。

帰宅部で時間があるとはいえ、大変な作業だろうとは以前から思っていた。

「嬉しいし、もちろん感謝してる。琴音の助けがなければ、俺は小説なんて書けなかったと思う。でも、まずは自分の勉強を……学校生活を大切にしてほしかった」

糾弾する意図はない。

ただ、塾講師としてではなく一人の大人としてどうしても伝えたかった。

だが琴音から返ってきたのは、今まで聞いたことのないくらい感情のない声色。

「がっかりです。いえ、先生は被害者なのかな」

彼女はため息をついた。

「ちょっと愛しの天崎先生と会うだけでこれですか。お願いですから、この部屋にまで現実を持ち込まないでください」

「彩叶は関係ないいんじゃないか」

「関係ありますよ。執筆中、先生があの人と離れていて本当に良かった」

「俺と琴音の学校生活は関係ないだろ」

繰り返される、「関係ある」と「関係ない」。

お互いに無益だと分かっている言葉の応酬。

「小説を教えてくれたのは嬉しい。でも、まずは自分の学校生活じゃないか？」

「創作より大事なものなんて、学校には何一つとしてないのに？」

「そんなこと、ないはずだ。極端だよ」

「いいですか、先生。創作という営みの前には、学校で補習にかかるくらいどうでもいいんです。退学になったわけでも、それこそ法律違反を犯したわけでもありません。なんでそんなに熱くなっているんですか」

「そうは言うけど、補習なんかに引っかかるのは嫌だろ。琴音だって」

「先生がおっしゃりたいことはそれだけですか？　そんな下らないことを言うためだけに、この部屋にいらしたんですか？」

「自分の学業を犠牲にしてまで面倒を見てくれだなんて、俺は望んでなかった」

「でしょうね。先生はお優しいから。なので、補習のことは言わなかったんです。勝手に愛しの天崎先生から聞いて、勝手にわたしの心配をしてきたのは先生のほう」

「琴音……俺は、言い合いをしたくて来たわけじゃないんだ。ただ、せめて学校の授業だけはちゃんと――」

「*Mr. Jones, of the Manor Farm, had locked the hen-houses for the night, but was too drunk to remember to shut the pop-holes.*」

呪文。

どこから聞こえてきたのか、一瞬分からなかった。

少し遅れて、琴音が英文を暗唱したのだと気づく。

「……冒頭か。『動物農場』の」

「さすが先生。愛しの天崎先生が授業でオーウェルを扱っていることくらい、先生ならご存じでしょう。勉強しているうちに、自然と覚えてしまいました」

発音があまりにも流暢(りゅうちょう)すぎて――それこそ、一年間イギリスに留学していた彩叶と比べても遜色ないくらいに――英語のリスニング教材でも流れ出したのかと思うほどだった。

応募作を執筆している間、琴音はずっと『動物農場』の原著を読んでいた。彼女は、彩叶への対抗意識を燃やしていたのか。

「それにわたし、期末テストは満点でしたよ？」

彩叶が、期末で成績が急上昇したと言っていたのを思い出す。

「二学期の範囲だって読み終わってるんです。分からない単語や文法は一つもありません」

「学校生活は、成績だけじゃない。彼女は、今後のことを思って……」

「面白いですね。生徒思い？　規則を優先して生徒から一期一会の経験を奪うのが？」

星空は一期一会、か。

「聞いたよ。テスト前に天文部の観望会に行こうとして注意されたことは。仕方ないが、残念だったとは思う」

「同情ですか。わたしがどうして急に星なんて見ようと思ったかなんて、先生は考えもしないくせに」

「――え？」

「っていうか、恋人にはなんでも話しちゃうんだ。あの人。いつもルールだの学生の本分だの正論で殴ってくるくせに、守秘義務とかは守れないのかな」

早口な上に、崩れる丁寧語。足は落ち着きなくぱたぱたと動いている。端整な顔立ちに、笑顔はない。

微笑を浮かべて含みのある表現を好む、いつもの琴音ではなかった。

「そもそも愛しの天崎先生が、先生の創作にとってプラスになったことが一度でもありますか？　恋人が応援してくれないって、二回もモチベーション下げて泣きついてきたのは誰ですか？」

琴音が初めて見せた、露骨な彩叶への反抗心。

俺はそれを律する術を持たなかった。

「さて……ちょっと、外へ散歩に出てきます。頭を冷やしたいので」

ベッドから立ち上がり、玄関の方に向かう琴音。

「お、おい。俺は――」

と、琴音が何かをこちらに投げてきた。

なんとかキャッチしたそれは、鍵だった。

「それ、貸します。推敲して提出したら、鍵かけて出てください。お帰りの際に郵便受けにでも入れておいていただければ。ふふ、合鍵とか勝手に作らないでくださいね」

いつものような冗談も、目が笑っていなかった。

「あ、それと」

靴を履きながら、琴音がこちらを振り返った。

「正直に答えてください。愛しの天崎先生と、みなとみらいに行ったことは？」

このタイミングで、その質問が重要なのか。

「ないよ。これは本当だ」

「それは良かったです。あ。ちなみにわたしなら、あったとしても過去の思い出を持ち込ませたくありませんけどね……たとえ、一欠片たりとも」

どういう意味だ。

「琴音。彩叶のことを嫌いになるのは止めないさ。だけどさっきから少し言いすぎじゃないか。担任の先生だろ」

「だからなんですか」

「少しは琴音も落ち着くべきだ。多少の不満はあるかもしれないが、彼女のやっていることとは間違いか？」

「わたしは落ち着いていますし、別にあの人が間違ってるだなんて言ってませんよ。悪いのはわたしです。ですから、真面目に補習も行くんじゃありませんか」

「相性が悪い教師なんて、一人や二人いて当然だ。嫌いになるのも自由だと思う。だからって、必要以上に——」

「じゃあ、祝福してくれるんですか？」

琴音がたたみかける。

「愛しの天崎先生は、果たして祝福してくれるでしょうか。先生の作品完成を」

——もちろんだ。きっと、彼女も喜んでくれる。

「一度でも、心から先生を応援してくれたことがありますか？」

——ああ。ただ見守ってくれるだけで応援だと思ってる。

「愛しの天崎先生は、先生がチョコ系スイーツがお好きってご存じですか？」

——そんなの、これから知ってもらえばいいじゃないか。

「先生が、実はファミレスのオムライス好きってことは？」

——ファミレスなんて、社会人になったら行く機会も減るんだよ。

立て続けに浴びせられる、問いかけのかたちをした琴音の刃。

口に出さなければならないはずの反論の言葉たちが、喉に詰まっては失われていく。代わりに出てきたのは、小説を書く者とは思えない幼稚な台詞（せりふ）。

「……彩叶は、俺の恋人だから」

意味のない抵抗を絞り出したときには、すでに琴音はドアノブに手をかけていた。

「もういいです。これ以上あの人をわたしの世界に持ち込むなら、土曜日は来なくて結構ですので。お疲れさまでした」

「言われなくたって、俺は最初から打ち上げなんて頼んでない」

こんなことを言いたくてここに来たわけではなかったはずだ。

「そうですね。女子生徒とこれ以上会ってたら、いつかクビでしょうし」

そのリスクをとってでもやりたいことがあって、ここまできたのではないのか。

「分かってるじゃないか」

自分の言葉が制御できなかった。

「じゃあ、さっさと応募作を出して帰ってください。先生のお好きな、現実世界へ」

最後まで語気を荒らげることはなかった。

「さようなら。先生」

彼女は部屋を出ていった。

ドアは恐ろしいほどゆっくり閉まり、無機質な音だけが残された。

静まり返ったアパートの一室。

部屋を出る彼女が告げた別れの言葉が、耳の奥で響いていた。

二ヵ月間のラストシーンが、これか。

第六章　ほんとうの天上

1

「おう、久しぶりだな佐野(さの)」

「お疲れさまです」

クーラーの効いた講師室に入ると、隣のデスクから熱い挨拶。相変わらず上腕二頭筋が半袖シャツの下で盛り上がっている筋野(すじの)さんが、こちらに椅子を寄せてくる。

「どうなった、例のアレは」

「出しましたよ。三十一日、締め切り当日に」

「おぉ。結果はいつ出るんだ？」

「一次選考結果が、今月末には出ます。例年だと五百作くらいから上位十作ですね。二次選考は五作前後で、その中で一作か二作だけが受賞します」

自分で口に出し、改めてハードルの高さを実感する。

「かなり早いな。文学賞って、もっと何ヵ月もかかるもんだとばかり」

「そうですね。短編部門だからってのはありますが」

つまり、落選が分かるのも早いということだ。

「どんな話を書いたんだ？」

「それは……もし受賞したらお伝えしますよ」

「もったいぶりやがって。しかし結果が楽しみだな。とりあえず、お疲れさん！」

「ありがとうございます」

「やりきった割には、いまひとつテンションが低いな。燃え尽きか？」

「そんなことないですよ。ただ、休んでたんで夏期講習の準備が」

「仕事が溜まってるのか。佐野にしては珍しいな」

高校生が夏休みとはいえこちらは正社員なので、データ集計など普通の会社員と似たような事務仕事から教材作成、授業準備まで色々な仕事がある。

この三日、思った以上に進んでいなかった。木曜も休日出勤をした。

「授業を持つほど忙しいのは、塾講師の定めだな……ま、学校教員よりはマシだろ。天崎は補習があるとか言ってたな、飲み会で」

筋野さんの記憶力にはいつも舌を巻くが、今このタイミングで発揮されてほしくはなかった。

「いや……仕事に戻るとするか」

何かが伝わってしまったのか、俺からの返答を待たず筋野さんは自分のデスクに向き直る。

俺も同じように、目の前の仕事に取り掛かる。ろくに進まないと分かっているのに。

――『創作より大事なものなんて、学校には何一つとしてないのに？』

創作を通じてしか人と関われない一人の少女は、夏休みの学校できっと戦っている。

俺の知らない表情で、俺の知らない感情と。

2

琴音（ことね）と会えないまま、約束の土曜日になった。

平日の仕事帰りにアパートを訪れてみたが、彼女が出ることはなかった。

あの「来なくて結構です」が本気でないことくらい、分かっていたのに。俺は、拗（す）ねた子どものような対応をしてしまった。

すぐに強い後悔に襲われた。

最初に掲げた《あおば》に作品を出すという目標は達成した。おそらく、琴音と二人で会うことはもうなくなるのだろう。

桜木町まで、電車で三十分と少し。

きっと、琴音は待ち合わせ場所に来る。

来てくれると信じていた。他の場所に可能性はない。

ちょっとした口喧嘩なんて、水に流せばいい。彼女の言うとおり、きれいな景色でも眺めて食事をする。作品完成の打ち上げ。それだけだ。

意を決して支度をしていると、オートロックのインターフォンが鳴った。

「……っ！」

一瞬だけ、期待してしまった。

モニター越しに映る相手の顔を見る。

裏切られたことで、そのことに気づかされる。

いや。

恋人の来訪に、「裏切られた」はないよな――

「突然ごめんね。あれ、出かけるところだった？」

彩叶を部屋に上げる。

「あ、あぁ。ちょっと。それより、補習お疲れさま」

三日間、彩叶と空間を共にした琴音のことを思う。

俺は、誰に向かって補習を労っているのだろう。

「うん。ありがとう。無事に終わったよ。それより、今日これからお母さんが遊びに来るみたいで。急なんだけど……正道くんに会ってみたいって言うの」

恋人の、母親。

「それは……大事だな」

どうして今日なんだ。どうして今なんだ。

抱いてはいけない、理不尽な感情を抑え込む。

「その。もう、お伝えしたのか。俺に会わせるって」

「ううん。まだだけど。ちょっと聞いてみるって言ってある。どうかな」

「いや。もちろん気持ちは嬉しいよ。だけど、今日は」

「もしかして、まだ早いとか思ってる？」

「え？」

「そんなこと気にしなくて大丈夫だと思う。ちょっと近場でお茶するだけだよ」

そんな、こと。

「私からも正道くんの話はよくしてるし」

「……分かった。お会いするよ、もちろん」

言ってしまった。

口に出した瞬間、遠くで何かがひび割れた気がした。

「良かった。じゃあ、お母さんに会えるよって伝えるね。もうすぐ駅に着くみたいなの。駅前のカフェで、だって。ここにカバン置いてくね」

にこやかにスマホを触る彩叶の横で、時間を見る。

今から三十分で出られたとしても、その分だけ約束から遅れる。そして、こちらから連絡する手段はない。

あぁ、琴音。

俺なんかを、どうか待っていないでくれ――

○

「急だったのに、ありがとね。お母さん、嬉しそうだった」

「いや。大丈夫だよ」

彩叶の母親――彩乃(あやの)さんといった――は、想像していたとおりに彩叶の母親だった。

公認会計士の仕事をしながら一人娘を愛し、幸せな家庭で真っ白な正しさを教えてきたのだろう。時には厳しく接することもあったのかもしれない。それでも彩叶は、一度も期待を裏切ることなく応えてきたのだと思う。

「正道くんのこと、気に入ってたみたい」

「はは……そうだといいけど」

血縁を感じずにはいられない容姿に加え、端々まで丁寧な所作、ゆっくりとした気品のある話し方。美しく年齢を重ねている女性、とはこの人のことを指すのだと思わされた。

身につけているものは一見するとシンプルだが俺にも分かるくらい上質で、革のカバンには小さく有名ブランドのロゴが刻まれていた。俺の月給以上はすると思う。しかしそのどれもが主張しすぎず、静かに所有者に従っていた。相応のものという印象だ。

「この後、どうしよっか。補習も終わったし、今日は部活もないし」

あとは一人で観光していくと言い、彩叶の母親は先に店を出た。

「その、彩叶」

恋人の母親の前でずっと我慢していたが、腕時計に目をやる。

待ち合わせ時間から、すでに四十分近くが過ぎていた。

「あ。正道くんの家にカバン取りに戻らないと」

これから駅前と家を往復すると、さらに二十分はかかる。

「ごめん彩叶。これから用事があって」

「そうなんだ。じゃあ残念だけど、家に寄ってから――」

考えている余裕はなかった。

「え。これ正道くんの家の鍵……？」

恋人に、家の鍵を手渡す。

このイベントは、もっと甘い瞬間だと思っていた。

「本当にごめん。出るときに、郵便受けにでも入れといてくれれば」

「もしかして、すごく急いでる？」

「ちょっと……ごめん」

「誰かと、会うの？」

「……あぁ。高校の知り合いと。約束してさ」

こんな時なのに、口だけは皮肉なほど回る。

「そう、なんだ。それなら仕方ない、ね」

手の中の鍵を見つめる彩叶。

「ごめん。彩叶。この埋め合わせは必ずするから」

「うん……じゃあね、正道くん」


カフェを出て、ようやく一人になる。

急いでスマホを開くと、三十分ほど前にメッセージが一件届いていた。

アプリを開くと、初めての相手からだった。

受信リストの一番上に表示されていた名前は、《kotone》。

「星空アイコンじゃないかよ……そっちも」

初めて受け取った教え子からの文面は、たったの一行。

『観覧車に乗っています』

3

桜木町駅で電車から降りると、一瞬で猛暑日の熱気に包まれた。予報でも、三十七度を超える見込みだ。

南北で二つある改札口のどこにも、琴音の姿はなかった。

ここまでは想定内。

駅前の広場にも琴音がいないことを確認しつつ通りに出ると、すぐに大きな観覧車が視界に飛び込んでくる。タクシーやロープウェイに乗ることも考えたが、途中の道で彼女が見つかるかもしれないと思うと使えなかった。

何回かメッセージは送ったが、当然のように返事は来ない。それどころか、既読マークすらつかない。

夕方だが、まだまだ日は高い。

太陽から降り注ぐ熱と、アスファルトから沸き上がる熱。

実際の気温以上に体感温度は高かった。

少し歩くだけで、拭いきれないほどの汗をかく。シャツがぴったりと肌に張りつく不快感をこらえながら、通行人の中に琴音の姿を捜す。

やがて観覧車付近までやってきたところで、思わず天を仰いだ。

「捜し出せっていうのか……この中から」

土曜日のみなとみらいエリアは人の波でごった返していて、まるで街全体が俺から琴音を隠そうとしているかのようだった。

いくら『観覧車に乗っています』とはいっても、一周が十五分程度。何周もしているはずがない以上、もっと広い範囲を捜さねばならない。

嘲笑うように次々とカラフルに色を変化させていく観覧車のゴンドラを見上げる。

俺だったら？

観覧車を降りたら、次はどこへ行く？

どうやって待ち合わせる？

時間が経つごとに、身体から水分と活力が奪われていく。

熱意は、次第に焦りへと変わっていった。

「っ……はぁっ……くっそ……」

道行くカップルや家族連れをよそに、ベンチでスポーツドリンクを流し込む。半袖一枚でも、下手したら熱中症になりかねない。

近場で思いつく限りの場所を捜した。ちょっとした休憩スペースから、遊園地の隣にある商業施設の中を見て回り、さらには赤レンガパークまで足を伸ばした。

雑踏の中で休まず足を動かし続けている間に、日は傾きはじめていた。それでも暑さは少しも衰えていなかった。

「どこに……いんだよっ……」

身体はとっくに悲鳴をあげていた。

——無理、かもしれない。

場所を尋ねるメッセージは、いまだに読まれない。

もし琴音に試されているのであれば、俺はその試練を乗り越えられない人間なのか。

髪から垂れた汗が、きれいに舗装された地面ににじむ。

気合や根性ではどうしようもない。

いっそのこと、帰っていてほしかった。

徒労に終わってもいい。

実は琴音はとっくにエアコンの効いた部屋にいて、たった一行のメッセージに振り回される哀れな塾講師を笑っている……それでも構わないとすら思った。

終わるのか――こんなかたちで、琴音との関係が。

サイン会の日。衝撃の再会。

ありえないことをされた。

そして、小説を書かされた。いや、小説を書きたいという欲求を見透かされた。

区立図書館で会っていたのが遠い昔のようだ。

初めて図書館の三階で密会した日のことを思い出す。

そして、葵(あおい)さんとの出会い。凄(すさ)まじいインパクト。

いきなり琴羽(ことはね)ミツル作品についてのテストをされ、愛を試されたっけ――

「……っ！」

――あぁ、そうか。

閃光(せんこう)が身体の芯を駆け巡った途端、疲れ果てていたはずの肉体が勝手にベンチから跳ね上がる。

次の瞬間には、もう目的の場所に向かって駆け出していた。

考えてみれば自然なことだった。

現実が追って来られない場所、現実からの避難、現実を持ち込むな……琴音が俺にレッスンするとき、彼女はいつも物語の世界にいたのだ。

そんな彼女からの『観覧車に乗っています』というメッセージ。
初めから、解釈は一通りしかなかった。
現実世界でいくら捜していても見つからないはずだ。
通行人からの奇異の視線を無視して、走る。
横断歩道を待つ時間すらもどかしい。
象の鼻パークを左手に、歩道を駆け抜けた。
「琴、音……っ！」
ついに、観覧車を望む山下公園にたどり着く。

「やっと……見つけた」

人目につきにくい一角にあるベンチに、捜し求めた人は——三ツ春琴音は座っていた。
この酷暑だ。夕方になっても人々はみな木陰を歩いていた。
日の当たる道には、琴音を残してほとんど人がいない。
「琴音！」
近づいて声をかけるが、反応が鈍い。
フードを被り、背もたれによりかかる姿勢。最初は眠っているのかと思った。

だが、すぐに様子がおかしいことに気づく。

「琴音。ごめん、本当に――」

「お兄、ちゃん……」

「琴音……？」

目を半分ほど開き応答する琴音だが、どこかぼんやりしている。

いくら生地の薄いサマーカーディガンでも、この暑さでフードはまずい。

尋常ではないほどの汗に、紅潮した顔。横に転がった空のペットボトル。

「お兄ちゃん……今日は……病院、は……？」

「何を言って……琴音！　おい、琴音……っ！」

人目もはばからず、琴音の華奢な肩に触れた。

――熱い。

ただ気温が高いからでは説明できない体温。

「しっかりしろ、琴音っ！」

強がってないで、メッセージに返信してくれよ。

自分の身の安全より、かくれんぼのほうが大事だったのか。

そこまでして、俺に捜させたかったのか――

「琴音！　今、すぐ救急車呼ぶからな」

こちらの様子を見て何人かの通行人が立ち止まるが、誰も声をかけてはこない。

考えるより先にスマホの上を指が動いていた。

同時に、ポケットから財布を取り出す。

緊張と焦りで震える指とは正反対に、妙に頭は冷静だった。

俺だけでは、琴音を救えないから。

もう一人、琴音のそばにいてくれる人が必要だから。

電話をかけるのは、一一九と……それから――！

◯

真紅のアルファロメオの助手席に乗ったときには、夜十時を回っていた。

「お疲れさま、マサくん。うちに連絡してくれたんは、ほんまにナイスやったで」

運転席に座るのは、車と同じく今日も真っ赤な衣服に身を包んだ葵さん。

後部座席で寝息を立てている琴音を起こさないように、小声で話す。

「本当に……突然だったのに、すぐ来ていただいてありがとうございます」

「水くさいなぁ、マサくん。琴音様がピンチのときは、いつでもダッシュで駆けつける
……うちが何より望んでることや。むしろ、こないなことあったのに呼ばれへんかった

ら、そのほうがよっぽど屈辱的や」

「俺一人じゃ、さすがにまずいと思って」

「賢明やね。もしマサくんが最後まで付き添っとったら、きっと今ごろ研修医たちの話のネタになっとったで。関係が怪しすぎるもん」

「葵さんのインパクトは話題になってると思いますけどね」

救急車が公園に到着したとき、目撃者ということで付き添いを頼まれた。そこまでは想定内だったが、問題は病院に到着してからだった。

赤の他人であれば琴音の処置を待つ理由はない。かといって、家族といって嘘をつくのは無理があった。恋人というのは……余計に問題がある。

そこで助かったのが、葵さんの存在だ。

同性である分――たとえ全身赤コーディネートに超ロング金髪の爆乳美女（大阪弁）という強烈なキャラクターであっても――琴音のことを任せるには適任だった。

「いや～しかし保護者で通って良かったわほんまに。公認ストーカーの面目躍如やね」

運ばれた先は、みなとみらいの中心に位置する病院だった。俺は病院の外で待ち、治療を受けた琴音を引き取った葵さんと合流した。

点滴と安静だけで琴音の容態は回復したそうだ。

「入院にもならんかったし、一安心や。採血結果はざっと見たけど、高度な循環障害はなさそうやった。治療が間に合った熱疲労ってとこやね。マサくんが迷わず救急車呼んでくれたおかげやで。熱中症はＩＣＵ入院になることもあるさかい、バカにならへん」

突然、耳慣れない単語が並べられる。

「葵さん、何者なんですか」

「ナイショ」

おどけているが、聞くなということだろう。

「でも……もっと早く俺が見つけられていれば、そもそもこんなことには」

「それは無理があるやろ。むしろ、よう見つけたわ。担当編集だったうちでもすぐには気づかんかったと思う……そんな、琴音様がほんまに物語の世界におったなんて」

初めて葵さんに出会ったときのやりとりを思い出した瞬間、琴音の居場所が頭に降ってきた。

――『語り手は観覧車に……？』

――『……乗っていない』

みなとみらい地区は、琴音の短編集『失遊園』の舞台。

中でも観覧車にフォーカスが当てられている短編『観覧車にて』の作中で、語り手の少女は実際には観覧車に乗っていない。山下公園のベンチで、亡くなったと思しき兄と過ごした日々を思い出しているのだ。

つまり『観覧車に乗っています』というメッセージは、俺にだけ「山下公園にいます」という意味を持つ。

今回の一件で、さらに琴音の今までの行動に説明がつく部分があった。

琴音がまだ眠っていることを確認し、葵さんに聞いた。


「三ツ春には、お兄さんがいる……いや、いたんですね」


葵さんは表情を変えず、無駄のない動きで革張りのステアリングを捌く。

「この子は創作に生きとるんやない。創作がこの子を生かしとるんや」

――この子。

偉大な小説家が、一人の少女へと変わる。

答えになっていない返事が、葵さんなりの答えだった。

「もしこの子が愛に飢えとるように見えるなら、それはこの子が心に空いた穴の直し方を他に知らんからや」

車道を照らすライトが、長い金髪に反射する。

夜なので気づきにくかったが、すでに最寄り駅のエリアまで来ていた。

土曜日にしては道が空いており、あっという間に俺の家の近くまで来ていた。わざわざ送り届けてくれたのだろう。この後は、葵さんに任せたほうがいいということか。

「すいません。もう俺、この辺で大丈夫です。三ツ春のこと、あとはよろしくお願いします。今日は本当に、ありがとうござ――」

「なに寝ぼけたこと言っとるんや、マサくん」

「え?」

なぜかにんまりと口角を上げる葵さん。

「今夜はマサくんを家にお連れするように、琴音様から直々に申しつこうとる」

「あの、それなら逆方向じゃ……?」

「行き先は、書斎のアパートやない」

速度を落とすことなく、アルファロメオが俺のマンションの前を通り過ぎる。

「この子の、本当の家や」

4

タワーマンションというものに、生まれて初めて立ち入った。

クーラーが効いた一階のエントランスはまるでホテルのようで、温かい間接照明がソファやインテリアを照らしていた。正面にはカウンターがあり、昼間はコンシェルジュがいるらしい。

「ここ、二階はジムとプールになってるんよ。あと一階には温泉もあるで」

「そ、そうなんですね」

「……」

三人で五基あるうち真ん中のエレベーターに乗り込むと、葵さんが四十一階の——最上階のボタンを押す。

「耳キーンってなるから、耳抜きしてな」

「分かりました」

「……」

長いエレベーターの中で、すぐに沈黙は蘇った。

琴音の足取りはいつもどおりで、どうやら体調は回復したらしい。だが車を降りてから、彼女は無表情でずっと黙ったままだった。

三人でエレベーターを降りる。正方形をしたフロアの中央は吹き抜けになっており、天窓からは夜空が見えた。

角部屋となる、四一〇一号室。

重厚そうなドアにカードキーを差し込むと、葵さんが言った。

「ほな、うちの出番はここまでやから」

「えっ？」

今、なんて。

「だから、うちの出番はここまで。あとはお二人様でよろしく。あ、これマサくんのパジャマと歯磨きセット。病院のコンビニで買うといたで」

新品の寝間着が入ったビニール袋を無理やり持たされる。

「二人でって、え。ちょっと。問題ですよ。それに三ツ春だって嫌がるでしょう」

「ご本人様からの要望や。今夜は二人きりに、って」

「……」

「なんか言ってくれ」

「……」

顔を真っ赤にしてうつむいている琴音。

「ほな、また。今夜だけは、琴音様に何があっても知らんぷりしたるで」

葵さんが、白い歯をきらりと光らせてニヤける。

いや、こういうときに主人を守るのが仕事じゃなかったのか。

「だから……三ツ春とは、そんな関係になりませんから。そもそも」

「ふぁ～。そんなマサくんのおカタいところ、推せるわぁ。安心して琴音様を任せられる。またなんかあったときは、三百六十五日・二十四時間ダッシュで駆けつけるで」

ＡＬＳ○Ｋか。

「……ありがとうございます」

「ほな、おやすみんさい。琴音様も、お大事にな？」

「……ありがとう、鴫沢」

「っ……あ、あぁぁっ……こっ、琴音様ぁ……」

「……」

「……」

恍惚の表情を浮かべながら息を荒げて身体を捻る葵さんを、俺と琴音でエレベーターに乗せて一階へと下ろした。

フロアに静けさが戻る。

「何者なんだ、あの人は」

「……変態ニート、ですね」

一言だけ答えると、琴音が玄関のドアを開く。

誘われるままに、俺は四一〇一号室へと足を踏み入れた。

廊下からリビングダイニングに出た瞬間、息を呑んだ。

二面いっぱいに広がる大きな窓ガラスに、繊細なレースのカーテン。

塵(ちり)一つないフローリングには白いラグマットが敷かれており、見たことのないサイズのテレビに向かって、高級そうなソファとガラスのローテーブルが置かれている。

広々としたカウンターキッチンの手前には、白と黒を基調としたモダンなデザインのダイニングテーブル。曲線的なシルエットの椅子は、四つあった。

人気作家に――そして、雨の日にタクシーで塾から帰るようなお嬢様にも――よく似合う家だった。シックな内装でありつつ、生活感も感じられた。

「ここが琴音の本当の家……なのか」

俺の問いに答えず、琴音は俺の服にすんすんと鼻を近づける。

「汗臭いです、先生」

琴音の軽口に、安心してしまう。

「ったく。いったい、誰のせいだと――」

一瞬だった。

頬に柔らかい温度が押し当てられた。

それが琴音の口づけだと分かったとき、汗に濡(ぬ)れた肌にはただ唇の記憶だけがぼんやりと残っていた。

キスした本人が、ちろりと舌を出す。

「ふふっ……しょっぱいよ？」

○

一人には広すぎるリビングのソファに座って琴音を待つのは、耐えられなかった。

先にシャワーを借りた後――浴室もかなりの広さで、おまけにドアはガラス張りだった――夜風を浴びようと思い勝手ながらもベランダに出た。

葵さんが用意したパジャマに着替えた俺を最初に迎えたのは、どこまでも遠く深い藍色の夜空。角部屋なのでベランダも広く、L字型をしている。

胸の高さくらいまで半透明のパネルがあり、眼下には東京の夜景が一望できた。

遠くには東京タワーと、新宿と思われる高層ビル街がうっすら見える。関東平野はどこまでも都市が続いているが、夜の東京は想像していたよりも暗かった。

「こんな時間なのに、まだ蒸し暑いですね」

背後からかけられた声に振り返ると、そこには白いタオル地のバスローブに身を包んだ琴音が立っていた。

「――っ！」

しっとり濡れて重みを持った髪と、ピンク色に上気した頬。少しだけ胸元に覗く鎖骨のカーブが、都心の夜光に照らされて白い肌に影を落としている。

「どうかしましたか、先生？」

美しい、可愛い……世俗的な形容は、もはや意味を持たない。

宗教画の世界から現れたような少女がそこに立っていた。これ以上、自分なんかがその姿を見てしまってはいけない。そう思わせるほどの静かな煌き。

「わたしのこと、見てくれないんですか？　いつもみたいに……キモい目で」

「悪かったな。いつもキモくて」

努力して琴音から目を逸らし、再び夜空に視線を移す。ベランダの手すりに腕を委ねると、ひんやりと冷たい。

隣で同じ方を向いた琴音からは、甘い星の香りが漂ってくる。

偶然にも、今夜は新月だった。

「『銀河鉄道の夜』、実は夏の話って言われてるんだ」

星を観るには最高の条件。

「旅の始まりは、はくちょう座。北十字って別名があって……ほら、割とよく見えるあれがデネブだ」

広大な夜空に、指一本で挑みにかかる。

「あ、あれですね。でも、隣にもう一つ明るい星があります」

「お、いいな。琴音が言った十字の交点は、サドルって二等星だ。その先、はくちょうのくちばしの方に行くと……都会じゃ微妙だが、二重星のアルビレオがある。『銀河鉄道の夜』にも、アルビレオの観測所っていう場所が出てくる」

と、夜空から目を離し呆気にとられたようにこちらを見る琴音。

「さすが銀河鉄道のお兄さん」

「開央大付属高校・天文部ＯＢによる、マンツーマン観望会だ。望遠鏡はないけど」

「先生。もしかしてですけど、星に詳しいとモテると思ってたんですか？　それか、合宿とかで女子とロマンチックな夜を過ごす妄想してたとか」

「俺がそんな不純な理由で天文部に入る男に見えるか？」

「はい。まぁ、割と」

「……」

「……」

「で、だ。ほとんど見えないけど、本当は天の川がこう走っていて……銀河鉄道はちゃんとそれに沿って進むんだ」

天に描かれる物語の路線図を少しでも琴音に示そうと、腕をゆっくりと大きく回旋させる。しかし、やがて線路はベランダから見えない角度に入ってしまう。

「方角的に、今はさそり座が見えないな。アンタレスはかなり見やすいんだけど」

「でも、どっちみち終点は見えませんよね。本州からじゃ」

「なかなか詳しいな。たしかにサザンクロスで有名なみなみじゅうじ座は、東京からじゃ見えない。ただあんまり知られてないけど、実は一等星が二つもあるんだ」

見える範囲で、専属の星空案内人を引き受けた。

オルバースのパラドックスまで作品で扱っているくらいだ。琴音にもそれなりに天文や星座の知識があった。それでも星の名前には詳しくないようで、二等星クラスの星の名前を教えると無邪気に喜んだ。素直な琴音の笑顔を見るのは少し久しぶりだった。

交わす言葉の間隔が少しずつ長くなり、やがて静寂がベランダを包み込んだ。

天上の世界には、俺と琴音しかいなかった。

風が吹き、琴音の濡れた髪を大きくなびかせる。

銀河鉄道に導かれてしまったのかもしれない。

琴音が静寂のベールを破ったとき、夏の夜にジョバンニとカムパネルラを隔てたのと同じ境界線の存在をはっきりと感じた。

「わたしには、兄がいました」

二人してベランダから夜の世界に目を向けたまま。

俺に琴音の表情は分からないし、琴音も俺の表情は分からない。

夜空に語りかけるように、琴音はゆっくりと言葉を紡ぎはじめた。

◆

わたしには、三つ上の兄がいました。

名前は希絃（きいと）といいます。

兄妹（きょうだい）の仲は良かったと思います。家は裕福なほうでしたし、今思えば典型的な「幸せな家族」でした。

幼いわたしは身体が強いほうではなくて、家の中にいることが多かったんです。

兄はそんなわたしに、寝る前ベッドでよくお話を聞かせてくれました。絵本の読み聞かせなら父もしてくれていたのですが、兄は違いました。

兄は、自分で話を考えてきたんです。

わたしは初め、ちっともすごいと思いませんでした。まだ分からなかったんです。ゼロから物語を紡ぐことの難しさが。

でも少しずつ兄の考える話は深みを増し、やがてノートに話を書いてくるようになりました。時には、習ったばかりの漢字も使って。気がつけば、有名な童話にも引けをとらない数々の物語が生まれていたんです。

母は兄の創作をあまり快く思わなかったようで、しきりに他のことへと興味を移そうとしていました。それでも、兄は隠れて物語を書いては夜な夜なわたしのベッドに聞かせに来ました。

これが、わたしにとっての「創作」という営みの原風景かもしれません。

そんな兄も、わたしが読み聞かせを必要としなくなってからは創作をしなくなりました。わたしもわたしで、次々に色々な本に——大人から見たら小学生には難しすぎるものまで——触れていきました。

何度も一緒に区立図書館に行きました。古今東西の有名作品を知っていく過程で、兄の明らかに卓越した文才に後から気づいたのです。

同時期に、母の愛が兄へと偏っていることを悟りました。兄も母の期待に応えていました。運動神経がよく成績も優秀だった兄と、外に出ないで物語の世界に引きこもっている妹。母にとって愛を注ぐ価値のある優秀さは、わたしにはなかったみたいです。

わたしが小学校二年生になったとき、五年生の兄は中学受験の塾に通いはじめました。それまで学校の宿題しかしてなかったのに、あっという間に一番上のクラスになったんです。両親が驚いていたのを、今でも覚えています。母は涙を流すほど喜んでいました。

ちょうどその時くらいからでしょうか……好き嫌いのなかった兄が、よくご飯を残すようになったのは。

兄は、お腹がすぐいっぱいになると言っていました。小さなお茶碗のご飯すら、半分も食べていないのに。わたしより少食になっていました。

両親は中学受験のストレスを真っ先に考えました。でも、兄の成績に問題はありません。優秀だった兄は、楽しそうに塾に通っていました。

次にいじめを疑いましたが、学校でも塾でも兄は人気者でした。優しい上に、何をしても人並み以上でしたから。

しばらく様子を見ていると、体育の授業や階段の上り下りだけで息が切れると言いはじめました。ここで初めて、両親は気づきます。兄の不調が、決して精神的なものではないことに。

両親は、まず兄を近くの内科クリニックに連れていきました。すぐに都内の大学病院に紹介され、そこで入院が決まりました。

大きな病院に入院すればどんな病気も治せて、みんな元気に帰ってくる……わたし、最初はそんな風に思ってたんですよ。ばかですよね。難しい本を読んでたって、所詮は小学生だったんです。

兄が家にいないという非日常は、やがて日常になりました。

少し経ってから両親がリビングで聞かせてくれた話は、今でも覚えています。わたしを子ども扱いしない親でしたから。

兄が侵されていたのは、極めて稀な悪性腫瘍……つまり、がんの一種でした。普通に生きていれば知るはずもない、とても難しくて長い病名。お医者さんも、正式名称ではなくアルファベットの略称で呼んでいました。

悪性腫瘍は、兄のお腹の中——胃腸ではなく、その表面を覆っている腹膜という部分らしいです——から発生していました。食欲が減っていたのは、大きくなった腫瘍の症状だったんです。

両親はわたしに構う余裕を失っていきました。両親は医者の説明を受けたり手続きをしたりするので忙しかったに違いありません。兄は最初の大学病院から、最終的には小児科を専門とする世田谷区の医療センターへと転院しました。

診断がついたとき、すでに腫瘍は全身に転移していたそうです。現在の医療では根治が難しいことは、幼いわたしにも——死というものの実感を持たなかったわたしにも——ぼんやりと理解できてしまいました。

お見舞いの負担もばかになりません。肉体的にも精神的にも、両親は次第に疲弊していきました。子どもにも分かるくらいに。

母は、仕事を辞めました。兄と少しでも長い時間を過ごすために。そして父にも休職を求めていました。

自分が弱っているときに他人に優しくできる人は、決して多くありません。

三人になった家で、両親の言い合いが増えていきました。子どもの前では気を遣っていたようですが、わたしが寝てからは二人の怒鳴り声が寝室にまで聞こえてきました。

お見舞いに行くたびにやつれていった兄の姿は……あまり思い出したくありませんね。枯れ木のように細くなった手足に、水が溜まって大きくなったお腹、肝臓が侵されて真っ黄色になった肌……悪夢なら醒めてほしいと、何度も願いました。もっといい子にするからって。一生わがまま言わないからって。

でも、現実は容赦なかった。

わたしが小学校三年生になった年の年末、深夜に電話がかかってきて、病院に呼ばれました。その夜、兄は病院でこの世を去りました。十二歳でした。

悔しいですが、兄の最期の言葉は覚えていません。ドラマのようにはいかないものですね。最期の夜は、すでにモルヒネで鎮静されていてコミュニケーションなどとれない状況でした。

兄の死後、両親の喧嘩はぴったりとなくなりました。わたしは安堵しましたが、二人は当時のわたしが考えているものと真逆の決断を済ませていたんです。

一周忌を終え、両親は離婚しました。わたしの親権を持った母は復職しましたが、やがて職場でほとんどの時間を過ごし、家を空けるようになりました。溺愛していた兄のいた日々の記憶が、心を蝕んでいったのです。

一人の時間が長くなったわたしは、どうしていいか分かりませんでした。兄にもう一度会いたかった。そして、その方法として唯一わたしにもできたのが物語を創るということでした。

学校も休み、毎日ずっと兄と同じノートに文章を書いていました。寝ても覚めても、書いて書いてひたすら書いてました。夜遅くに帰ってきた母がわたしに向ける視線は、陰性感情を含んだものへと変わっていきました。

そして小学校六年生の春。

兄を追いかけ続けた果てに、一作の短編が完成しました。

今でもわたしをこの世に繋ぎ留めて離さない、呪いの象徴です。

◆

もう日付は変わっただろうか。

地上の喧騒も、四十一階までは届かない。

そっと横を見ると、琴音の髪はすっかり乾いていた。

「偶然目にした文芸コンテストが《文芸あおば新人賞》でした。担当編集になった鳴沢は受賞者の様子がおかしいことに気づいたのか、なんとこの家まで訪ねてきたのです。母は別の家に住むようになり、以後はときどき鴫沢の助けも借りつつやってきました。学校や児童相談所には、内緒ですよ」

なんと声をかけていいか分からなかった。

「小説には作者の内面が投影される、か」

塔の頂上で孤独に育った少女を癒やすのは、星空だけ。

孤独が生んだ天才。

デビュー作『天蓋孤独』は、琴音自身の物語だったのだ。

そしてそれは同時に、決して小学生が書けてはいけない物語。

「じゃあ、高一の俺が琴音に会ったのは……」

「先生と図書館で会ったのは、兄が亡くなる直前の秋ですね。自然に涙が出てきてしまうくらい、図書館という場所が辛くなってしまったんです」

「そんな大変なときに、俺は何も知らずに……」

想像すら及ばない悲しみの中にあった少女に、なんて軽薄なことを言ったのだろう。

「はい。先生ってば、簡単に言うんですから。『つらいことがあるんなら、いっそ――』」

「『小説でも書いてみたらどうだ?』」

ベランダで、二人の声が重なる。

「……痛々しいにもほどがあるな、当時の俺は」

「はい。本当に」

星あかりが、琴音の笑顔を照らす。

「兄の死後、あの時の先生の言葉を思い出して……わたしは小説家になったんです。図書館で先生とした約束を、なぜか思い出してしまった」

サイン会で、たしかに彼女は言っていた。わたしの人生は変えておいて、と。

決して大げさな表現ではなかったのだ。

そして、一つの疑問が浮かぶ。

俺の言葉によって筆を執ったのなら、いったい何によって筆をおく？

だが、その疑問を口にするのは今ではないだろう。

「たった一日ですが先生に出会えて、わたしは救われました。悔しいですが、ロリコンには感謝しないといけませんね」

「話してくれてありがとう、琴音」

「……お礼です。迷子のわたしを、二度も、見つけてくれた」

そう言うと、琴音はバスローブのポケットからスマホを取り出し、何やら操作する。

「この写真も、もう要りませんね」

俺とのキスを自撮りした写真を一瞬こちらに見せると、躊躇わず削除ボタンを押した。

「良かったのか。もう脅迫できないぞ」

「目的は果たされましたから」

「俺に小説を書かせることか？」

「銀河鉄道のお兄さんとファーストキスをすること」

「琴音、それって――」

「あ。本気にした。キモいですね、相変わらず」

いつも上から目線で尊大な琴音に、悲しい話は似合わない。このほうが、彼女らしい。

「そろそろ中に入りましょう。いくら真夏でも湯冷めしちゃいます。先生、明日はお休みですか？」

「あぁ。日曜だからな」

室内に戻ろうとする琴音。

「なら、今夜は泊まっていってください」

目が合う。塾の帰りに一人で雨に降られていた琴音の姿を思い出す。あの夜も、この澄んだ瞳は別の世界を見ていたのだ。タクシーで帰った先は、家族のいない孤独の塔。

「この場所だけは……今夜だけは、現実じゃないから」

正しく意味をなさない言葉の連なりが、俺の大切な人を世界から弾き出す。

愛に飢えて見えるなら、心に空いた穴の直し方を他に知らないから。

そう葵さんは言っていた。

いつか琴音が呪いから解放される日を願いつつも、今夜だけはこの悪魔に——悪魔のように振る舞う一人の少女に——寄り添うことにする。

「……じゃあ、俺はリビングのソファを借りるよ」

「ソファなんかで寝たらだめですよ。身体が休まりません」

「俺は平気だよ」

「わたしのベッドで寝ればいいじゃないですか」

「そういうわけにはいかないな。琴音こそ、倒れたんだからちゃんとベッドで——」

「だから、一緒に寝るんです」

「ん?」

「一緒に寝れば解決です」

「……いや。それはまずい」

「わたしのベッド、広いですよ?」

「物理的な話じゃない。社会的な話だ」

そもそも、通い合宿の間はしきりにベッド禁止とか言っていたのに。

「熱中症で倒れた女の子を一人にするのは、大人としてどうなんでしょう?」

「都合のいいやつ。とにかく、さすがに別々にしよう」

自分のほうが稼いでいるからおごる、などと言っていた琴音はどこへやら。

「それに今さら一晩くらい一緒に寝たって、何も起きませんよ」

琴音に手を引かれるままリビングへ戻り、そのまま流れで廊下へと進む。

「待って。百歩譲って寝るのはいいが……まさかその格好で寝るつもりじゃ」

タオル生地の紐がお腹の真ん中で心もとなく結ばれただけの、バスローブ一枚。あまりに無防備すぎる。

「はい。夏ですし」

「いや、その……琴音。バスローブは、あくまでバスタオルの代わりなんだ。だからせめてパジャマに着替えたほうがいいと……」

「さ。行きますよ」

モラルの死を目前にした俺に、琴音が満面の笑みを向ける。

「ふふっ。わたしのベッドで寝たことのある男性は、先生が二人目です」

5

案内された彼女の部屋のベッドには、立派な天蓋がついていた。

熟睡など、できるはずがなかった。

肉体は疲れ果てているはずなのに。ベッドは高級なはずなのに。

それだけでは眠れないことが分かった。

隣で静かに寝息を立てている琴音を起こすわけにもいかず、かといって教え子の高校生の寝顔を眺めるのも気が引けた。

寝よう寝ようと目だけ閉じていたが、ベッド脇のサイドボードで自分のスマホが点灯したことに気づいてしまった。

深夜のメッセージだ。朝まで無視する手もあったはず。

俺の目を完全に覚ましたのは、差出人の名前だった。

○

「ご馳走さまでした。美味しかったです……なんか、ちょっと意外」

「お粗末さま。意外で悪かったよ」

バスローブを大々的にはだけさせながら起きてきた琴音を目を閉じたまま追い返し、着替えてこさせた。

その間にキッチンを借りて簡単なブランチを振る舞った。卵と食パン、それにメープルシロップがあったのでフレンチトーストにした。

「鳴沢以外の手料理を食べたの、久しぶりです」

……朝から重い。

「あの人は、どんな料理するんだ」

「見かけと正反対です。栄養士の資格も持っているので、かなりバランスを考えた料理を作りますよ。レパートリーも多いですし、味も一級品です……まぁ、褒めないでくださいと言われているので本人の前では言いませんが」

「なかなかキてるな」

公認ストーカー（ニート）につっこんでいてはキリがなさそうだ。

「それにしても、先生は早起きですね」

「そんなことはないぞ……二重の意味で」

まず琴音が起きてきたのは昼の十一時。どちらかといえば琴音が遅い。

そして早起きも何も、俺はろくに寝ていない。

「日曜日ですね。女子高生の家から朝帰りして、愛(いと)しの天崎先生とデートにでも？」

「……特に予定はない、かな」

「そうですか」

南から夏の日差しが差し込む広いダイニングに、甘い卵の匂いと紅茶の香りが漂う。

こんなに優雅な時間を過ごしたのは、本当に人生で初めてかもしれない。呪いに大切な人を巻き込んでしまった俺なんかが享受していい幸福なのかは、疑問だが。

「さてと。お料理はいただいてしまったので、洗い物はわたし、が……」

椅子から立ち上がるなり、琴音の動きが止まる。

「どうかしたか？」

「いえ。このシチュエーション、似てるなと思って。先生の応募作に」

手料理を振る舞う男と、洗い物をする女性。

「まぁ、状況だけはな。でも俺たちは付き合ってたとかじゃないし――」

言いかけて、あることを思い出す。

みなとみらいで会ったときに言おうと思っていたことだが、立て続けに色々なことがあり、すっかり忘れていた。

「……《あおば》の応募作品はアドバイスしないんじゃなかったのか？　反則だからって」

「さて。なんのことでしょうか」

「あくまでそういうスタンスか」

「スタンスも何も。わたしはアドバイスなんてしてませんよ」

「普通に教えてくれればいいだろ。最後の展開を変えたほうがいいって」

締め切りの日。琴音と言い合いになった日。

——『ちなみにわたしなら、あったとしても過去の思い出を持ち込ませたくありませんけどね……たとえ、一欠片たりとも』

琴音がただ彩叶への陰性感情を剝(む)き出(だ)しにしているだけだと思っていた。

しかし、一人になって推敲(すいこう)のためにパソコンに向かうとすぐに感づいた。

彼女は以前、応募作の初稿を読んだとも言っていた。

琴音の嫉妬心にあふれた言葉は、ラストシーンの改稿アドバイスでもあったのだ。

「結局、直したよ。琴音の……内面を投影して」

「別に。本当に思ってたことを言ったまでですよ。わたしなら、思い出を持ち帰ることすら許さないので」

思い出のパティスリーで主人公が別れた男性とお土産の焼き菓子をそれぞれ買って帰る……二人が一欠片の思い出を持ち帰るというのが、当初のラスト展開だった。

だが、琴音の言葉が欠けていた竜の瞳に光を灯(とも)した。

土産の焼き菓子を購入するのは、主人公の女性だけ。一方で、何も買おうとしない男性。どうやら今の恋人には、主人公との過去を一欠片たりとも見せたくないらしい。店を出た後、主人公は行き先を見つけられず、ただ家に帰るしかなかった——。

この改稿で、ストーリー全体が苦味を増して上手(うま)く引き締まった。改稿した瞬間、直す前の展開が安直に見えて仕方なくなるほどだった。

「タイトルは何にしたんですか」

「……『セピア』」

パティシエになるという男性の夢を応援できなかった主人公。そんな彼女がかつて抱いていた夢は、カメラマンだ。皮肉なタイトルだと自分でも思う。

「で、ご気分はいかがですか」

「我ながら手応えはある。達成感も。本当に、感謝してるよ。ありがとな」

「ふふっ。違いますよ先生。わたしが聞きたいのは、そんなことじゃありません――」

「こ、恋人のことを小説にしたご気分はいかがですか、と聞いているんです」


悪魔は、満足気に微笑んだ。

まるで俺のことを、新たな眷属として認めるように。

「琴音はそう読んだのか」

「そうとしか読めませんよ。職業と視点こそ変わっていますが、パティシエの夢が叶いつつある男性はどう見ても先生です。ということは、男性のことを応援できないままに別れてしまい、自分のカメラマンの夢を忘れてしまった主人公の女性……きっとこの人は――」

「読解力があるな。でも、俺はそんなつもりで書いたわけじゃないかもしれない」

「《作品の読解》は《作者の意図》を離れることがある……通っている塾で、国語の先生にそう習いました」

ずいぶんと弁が立つ悪魔に気に入られてしまったものだと思う。

「優秀な教え子を持てて嬉しいよ」

「それはわたしの台詞（せりふ）です」

意図がないのは本当のことだった。

初めから、彩叶のことを題材にしようと思ったわけではない。短編文学賞を受賞できるテーマとしての恋愛を考えるにあたり、喪失のモチーフが真っ先に浮かんだ。

俺が考えたのはそこまでだ。作品を書いていくうちに登場人物が自ら行動し、話すようになり、最終的には私小説のようになっていった。琴音の「レッスン」による誘導だ。内面が投影された結果でしかない。

「応募作、愛しの天崎先生には見せられませんね。もっとも、あの人は小説の内容なんか興味ないでしょうけど」

からかうような表情の琴音だったが、俺がスマホを取り出して操作するのを見るにつれ端整な顔が曇っていった。

「昨日の夜。琴音が寝た後にこれが届いたよ」

一画面に収まらないメッセージが、ディスプレイに表示される。

『正道くん

こんな夜遅くに突然ごめんなさい。

正道くんの家にカバンを取りに行って、机に置いてあった小説を読んでしまいました。

勝手に読んで、ごめんなさい。

あれが、新人賞に出したやつなのかな。

主人公が私のことだってことを、責めるつもりはありません。

むしろ今まで、正道くんに私の普通を押しつけてしまっていたらごめんね。

最後まで読み終えたとき、自然と涙が出ていました。

本で泣いたことなんてないのに、不思議だよね。

重いとか面倒とか思われるかもしれないけど、本当のことです。

読み終わってすぐに、もう一度読み返しました。

私が、あなたのことを何も知らないことに気づきました。

どんな言葉を使ってどんな文章を書くのか。

好きな小説も、好きな食べ物も、好きな曲も。

好きな、ケーキも。

思えば、天文部にいたことは知っていても好きな星座も知りませんでした。

正道くんを形作っているものにちゃんと向き合ってこなかった。

地に足をつけると言って、私は夢が叶わないことから逃げていたのかもしれません。

もし私と別れたいと思っているのなら、正直にそう言ってほしいです。

他に好きな人ができていたり、するのかな。

でも、もしもう少し一緒にいてもいいと思ってくれるなら。

私のことをセピア色にするのは早いと思ってくれるなら。

どうか、返信はしないでいてください。

夏の間だけ、ちょっと時間をください。

必ず、私のほうから連絡します。

天崎彩叶』

琴音にだけは、見せてもいいと思った。

「……これが、あの人の答えなんだ」

読み終えた琴音がそう呟（つぶや）いて、スマホをこちらの手に戻す。

「先生はいいんですか？　こんな……メッセージ一つで。中途半端なままで」

「俺だって、今は会う資格なんてないから。それに彼女は、中途半端なことは嫌いな人なんだ。きっと自分なりの答えを見つけると思う」

「兄さんがわたしにしてくれたのと、同じですね」

初めて耳にする、抱擁のように優しい声だった。

「新人賞なんてとれなくても、すでに先生の作品には価値があります。先生は、特別な一人の人間の心をたしかに動かした。それだけで十分です」

琴音の表情からお世辞でないことは伝わったが、素直には喜べない。

「たしかにお兄さんの物語は琴音を救ったかもしれない。でも、俺の小説は恋人を……彩叶を傷つけただけだ」

「痛みを伴う救いだってありますよ」

最後にぽつりと、琴音は俺に尋ねた。

「先生は……誰よりも天崎先生に読んでほしかったんじゃないですか」

外が涼しくなって琴音の家を出るまで、ついに俺はこの問いに返事をしなかった。

エピローグ　先生

「それじゃあ夏期講習、お疲れさま。二学期からは論説文をメインに扱っていくから、小説が苦手だった人も心機一転がんばっていこうな」

三時五十七分。俺はチョークを置いた。

この《私立文系Bクラス》の夏期講習は、午後四時まで。いくつかの日程から選べるので、一部の学校では二学期が始まっているこの最終週を選ぶ生徒は多くない。

途中から、緊張で何度も声が上ずりそうになった。落ち着かない様子が生徒に伝わっていないといいのだが。

いつもなら必ず授業前に椅子を寄せてくる筋野（すじの）さんも、今日ばかりは気を遣ってか話しかけてこなかった。

そんな俺の授業には見向きもせず、スマホを堂々と机に出して授業を受けている女子生徒がいた。いつもなら一言くらいは注意するところだが、今日だけは何も言えなかった。

普段は授業の最後で質問がある生徒は残るように言うが、それも省略。

次々と生徒たちが教室を出ていく中、女子生徒はスマホの画面を見たままだ。

帰ろうとしない彼女のことを不思議そうに見ている生徒もいたが、やがて教室には二人きりとなった。

「……三分早かったですよ、先生」

久しぶりに聞いた琴音の声が、暑さで乾ききった砂漠に湧くオアシスのように感じられる。これでは塾講師失格だ。蜃気楼のようなものだと思うことにする。

「夏期講習に最終日しか来ないやつが、なに言ってるんだ」

「だって、毎日暑くて」

暑いからという理由で塾をサボるような彼女が夏期講習を受講している理由は、たった一つ。目的は最終日の今日にある。

「あと一分です」

「分かってる」

俺も、あろうことか教室でスマホを出す。開くのはもちろん、琴音が見ているのと同じページ。今日くらいは大目に見てほしい。

「先生、寂しかったんじゃないですか。わたしに会えなくて」

「うるさいな。普通に仕事してたよ」

「ま、恋人に距離を置かれたからといって、教え子の女子高生を呼びつけられても困りますけどね」

何度も星空アイコンにメッセージを送ろうとして踏みとどまったのは、秘密だ。

琴音の言うとおり、孤独な八月を過ごした。
わずかな期間であれ、現実世界を離れたことに対する代償だった。
彩叶（あやか）からは、あの夜以来まだ連絡は来ていない。
「あと十秒です」
鼓動に邪魔されないように、ページ更新ボタンに指を乗せる。
そして。
八月三十一日、午後四時。
「……っ！」
ページが読み込まれる。
一秒程度の時間すら、心臓を締めつける。
新しいページが表示される。
最初に数行の文章。
応募総数は、五百八十六作。
文章の下には、一枚の表。
行数は、ちょうど十。
その、中に――

《佐野正道（さのまさみち）『セピア』》

声が出なかった。

叫ぶ準備は、できていたのに。

まだ一次選考なのに。

通用した。俺の文章が。

第三者に読まれ、評価された。

琴音を見る。

「ふふ、当然です。このわたしが教えたんですから」

尊大な言葉も、まったく様になっていない。

表情だけで伝わった。

真に喜びを分かち合えていることが。

「《文芸あおば新人賞》一次選考通過、おめでとうございます――」

「佐野先生、」

あとがき

こんにちは。暁社夕帆（あきやしろゆうほ）です。

この度は拙作をお手にとっていただき、ありがとうございました。

はじめにご報告です。デビュー作『君と紡ぐソネット ～黄昏の数学少女～』が、おかげさまで「このライトノベルがすごい！ ２０２４」（宝島社様）にランクインしました。これからも創作活動に励んで参りますので、温かい応援をよろしくお願いいたします。

『君と紡ぐソネット』では、数学や青春の「内的な美しさ」に重きをおきました。今作も主人公が夢を追うストーリーではあるものの、対照的に「視覚的な美しさ」を主軸としています。これはヒロインの可愛さや満天の星といった個々の要素に限りません。大切なシーンでは絵画的な構図を意識して執筆しましたので、文章だけでなくたん旦先生の美麗イラストもじっくりお楽しみください。

さて。わたしの好きな小説に、冒頭でも引用した谷崎潤一郎『春琴抄』があります。とても美しい物語ですので、古典文学に抵抗がある方もぜひお読みいただければと思います。実は、本作の企画は「ライトノベルで『春琴抄』やりたい！」という深夜テンショ……いえ、アイデアから始まりました。その名残で、作中で作家サイドに属するキャラクターの名前は『春琴抄』をモチーフとしています。三ツ春琴音、だけじゃありませんよ。

また、本作における主人公の国語教師としての考え方――《作品の読解》は《作者の意図》を離れることがある――ですが、こちらは神田邦彦『現代文 標準問題精講』（旺文社）を参考にさせていただきました。

謝辞です。作品世界を深く理解してイラストに反映させてくださったたん旦先生はもちろん、いつも深夜まで原稿を読んでくださる森田様をはじめとする編集部の方々、校正担当者様、そして出版に関わってくださった全ての方に心より感謝申し上げます。

最後に。わたしも琴音に似て、創作物は多かれ少なかれ現実の価値観に影響しうると考えています。本作における登場人物たちの行動や描写の中には、現代社会においては不適切なものも少なからずあります。しかしながら、作品全体を通してそれらを助長および礼賛する意図のない点はお含みおきいただけますと幸いです。

それでは、またお会いできる日まで！


【引用文献】

谷崎潤一郎（１９３３）『春琴抄』創元社
Orwell, G. (1945). *Animal Farm*. Secker & Warburg.

先生も小説を書くんですよね？

暁社夕帆

2023年11月29日第1刷発行

発行者	森田浩章
発行所	株式会社　講談社 〒112-8001 東京都文京区音羽2-12-21
電話	出版　(03)5395-3715 販売　(03)5395-3605 業務　(03)5395-3603
デザイン	AFTERGLOW
本文データ制作	講談社デジタル製作
印刷所	株式会社ＫＰＳプロダクツ
製本所	株式会社フォーネット社

KODANSHA

ISBN978-4-06-534245-9　N.D.C.913　295p　15㎝
定価はカバーに表示してあります